# PARLEZ-MOI D'AMOUR

Pascal NOWACKI

# PARLEZ-MOI D'AMOUR

THÉÂTRE

Toute représentation de la pièce de théâtre,
faisant l'objet de la présente édition,
est soumise à la réglementation sur les droits d'auteur.

En conséquence, vous devez obligatoirement,
avant toute exploitation de ce texte,
obtenir l'accord de l'auteur ou de la SACD, qui gère ses droits.

© 2020, Pascal Nowacki

Édition : BoD – Books on Demand
12/14 rond-point des Champs-Élysées, 75008 Paris
Impression : BoD – Books on Demand, Norderstedt, Allemagne

ISBN : 9 782 322 208 005
Dépôt Légal : Mars 2020

Retrouver toute l'actualité de l'auteur sur
**http://www.pascalnowacki.fr**

**Caractéristiques**

Genre : Comédie dramatique.

Distribution : Modulable pour un total de 31 personnages.

Décor : Contemporain ou même sans décor. Quelques accessoires suffisent.

Costumes : Contemporains.

## Instantané 1

*La scène est plongée dans le noir.*
*Un halo de lumière nous fait découvrir le visage d'Ashley.*
*Elle entonne « Parlez-moi d'amour », chanson de Lucienne Boyer.*

Parlez-moi d'amour,
Redites-moi des choses tendres,
Votre beau discours,
Mon cœur n'est pas las de l'entendre.
Pourvu que toujours
Vous répétiez ces mots suprêmes :
Je vous aime.

*Son visage se tourne vers sa gauche tandis que la lumière se fait sur scène.*

## Tableau 1

*On découvre un mur, un réverbère, une vieille cabine téléphonique un peu à l'écart et un vieux tas de cartons au sol. Ashley est adossée au mur.*
*Dolan se tient à quelques pas, immobile, et la regarde.*

**Ashley** : Salut !

**Dolan** : Salut !

**Ashley** : Allez, mon mignon, sois pas timide ! Viens plus près !

*Dolan s'approche.*

**Ashley** : T'as envie ?

**Dolan** : Comment tu t'appelles ?

**Ashley** : Molly.

**Dolan** : Molly ?

**Ashley** : C'est comme ça que je m'appelle, oui.

**Dolan** : C'est tarte comme nom, ça, Molly !

**Ashley** : Oui. Je sais pas.

**Dolan** : Où t'as pêché ce nom ?

**Ashley** : D'aussi loin que je me souvienne, on m'a toujours appelée comme ça, Molly.

**Dolan** : Putain !

**Ashley** : Aussi.

**Dolan** : T'es belle.

**Ashley** : C'est 50 Euros.

**Dolan** : D'accord.

**Ashley** : Payable d'avance.

**Dolan** : D'accord.

**Ashley** : En espèces.

**Dolan** : D'accord.

**Ashley** : Protection obligatoire.

**Dolan** : D'accord.

**Ashley** : T'es pas un causant, toi.

**Dolan** : J'crois qu'j'suis amoureux.

**Ashley** : J't'arrête tout de suite, mon mignon. Pas de ça avec moi. Le coup de l'amoureux transi, on m'le fait pas à moi. On s'connaît pas, tu payes, j'te fais ton affaire et tchao bonsoir, OK ?

**Dolan** : Moi j'te connais.

**Ashley** : Toi tu m'connais ?

**Dolan** : Oui.

**Ashley** : Qui êtes-vous ? Qu'est-ce que vous m' voulez ?

**Dolan** : On ne se tutoie plus ?

**Ashley** : Foutez-le camp ou je crie !

*Le tas de cartons se met à bouger découvrant un clochard qui dormait là et que la discussion entre Ashley et Dolan a réveillé.*

**Dolan** : D'accord, d'accord. On se calme. Je ne te veux aucun mal. J'te jure. N'aie pas peur. Je n'suis pas un de ces tarés échappés d'un asile et qui se prendrait pour Jack l'éventreur. Je suis pas violent. D'ailleurs je déteste ça, moi, la violence. J'suis même plutôt romantique. Tu peux me croire.

**Ashley** : Romantique ?

**Dolan** : Ouais, en un seul mot.

**Ashley** : Quoi ?

**Dolan** : Non, rien. J'ai essayé de faire de l'humour. Mais ça n'a pas marché.

**Ashley** : Un romantique avec un humour à deux balles !

**Dolan** : C'est parce que… j'ai pas l'habitude d'aborder les dames dans la rue alors forcément je perds un peu de mes moyens… J'suis timide.

**Ashley** : T'es timide, toi ?

**Dolan** : Oui.

**Ashley** : Et puis tu m'as vue et tu t'es dit, tiens, si j'essayais d'être moins timide et un peu plus drôle, c'est ça ?

**Dolan** : En quelque sorte.

**Ashley** : C'est raté.

**Dolan** : Oui.

**Ashley** : T'as l'air con et t'es pas drôle.

**Dolan** : Au moins t'es franche.

**Ashley** : Voilà. Toi t'es romantique et moi je suis franche.

**Dolan** : Oui. C'est bien, on se découvre.

**Ashley** : Arrête de te foutre de ma gueule !

**Dolan** : Quoi ?

**Ashley** : Qu'est-ce que tu me veux ? Et t'es qui, merde ?

**Dolan** : Je viens de te l'dire. J'suis un gars romantique…

**Ashley** : Et bourré d'humour ! Oui ça je sais. Me prends pas pour plus conne que je suis.

**Dolan** : C'est pas mon intention. Mais si tu veux que je t'explique il faudrait quand même que tu arrêtes de me couper sans arrêt et que tu m'écoutes jusqu'au bout.

**Ashley** : Tu vas voir que ça va bientôt être de ma faute.

**Dolan** : J'n'ai pas dit ça !

**Ashley** : Justement c'est ça le problème. Tu parles, tu parles mais tu n'dis rien !

**Dolan** *(élevant la voix)* : J'allais t'expliquer !

*Un temps. Le clochard se lève en maugréant.*

**Le clochard** : Même dans la rue, on peut pas dormir tranquille.

*Il part.*

**Dolan** : Je t'ai dit au début que je te trouve belle. Et maintenant qu'on cause ensemble, eh ben, j'aime bien aussi le son de ta voix. J'crois que j'pourrais t'écouter des heures, des jours, des nuits. Toute une vie.

**Ashley** : Qu'est-ce que c'est que ce frappadingue ? Bon, allez, casse-toi, j't'ai assez vu.

**Dolan** : D'accord.

*Dolan s'éloigne de quelques pas et observe Ashley.*

**Ashley** : Dégage, j't'ai dit, tu fais fuir le client.

**Dolan** : J'suis l'client.

**Ashley** : T'as pas payé.

**Dolan** : Tiens.

**Ashley** : 200 ! J'ai pas la monnaie !

**Dolan** : Tu peux tout garder, c'est pour toi.

**Ashley** : Qu'est-ce tu veux au juste ?

**Dolan** : Toi.

**Ashley** : Ben pour 200 euros, on va déjà passer un bon petit moment.

**Dolan** : J'te veux pour moi tout seul. Tout le temps. J'veux que tu sois là tous les matins quand je me réveille. Voir ton sourire et tes grands yeux qui me regardent quand j'ouvre les miens. J'veux que tu m'attendes toute la journée, bien au chaud dans notre petit studio. J'veux pouvoir t'embrasser quand je rentre le soir après une journée de merde au boulot. Sentir ton parfum dans ta longue chevelure aux reflets mordorés.

**Ashley** : Reflets mordorés ? Qu'est-ce tu causes bien. Mince, t'es un poète, toi.

**Dolan** : L'amour m'aveugle et ma raison défaille.

**Ashley** : Non mais là, sérieusement, faut qu' t'arrêtes ! Qu'est-ce que tu m'veux, exactement ? Tu ne m'as quand même pas filé un billet de 200 juste pour que je t'écoute parler ? Si ?

**Dolan** : Et pourquoi non ? Je te demande juste d'être là près de moi. Et de m'écouter. C'est moi qui parlerai. Et puis, si tu veux, c'est moi qui te ferai à manger aussi. Je suis un excellent cuisinier, tu sais ? Tu aimes le poisson ?

**Ashley** : Ça pue le poisson quand on le cuisine !

**Dolan** : Moi, je prépare le poisson comme personne.

**Ashley** : Et puis c'est plein d'arêtes !

**Dolan** : Je te les enlèverai, une à une. Comme on effeuille une marguerite. Elle m'aime, un peu… beaucoup… passionnément… à la folie…

**Ashley** : Pas du tout !

**Dolan** : *(Haussant le ton)* Tais-toi ! J'ai payé, non ? Je suis un client comme un autre. J'ai le droit moi aussi à mon quart d'heure d'amour. Non ?

**Ashley** : Oui.

**Dolan** : Comme les autres.

**Ashley** : Oui.

**Dolan** : Pas de différence.

**Ashley** : Non. Aucune. Je voulais pas te mettre en colère. C'est que, tu vois, j'ai pas l'habitude, moi, qu'on me paye autant et qu'il se passe rien. J'ai l'impression de te voler en quelque sorte. Moi je suis une fille honnête… Tu comprends ?

**Dolan** : Oui.

**Ashley** : Ça va mieux ?

**Dolan** : J'ai honte.

**Ashley** : Mais non, faut pas exagérer, quand même. T'es un sanguin, c'est tout.

**Dolan** : Je t'ai payée… comme n'importe lequel de ces dépravés…

**Ashley** : Oui. Alors, on y va ?

**Dolan** : Où ça ?

**Ashley** : Ben, que je te fasse ton affaire.

**Dolan** : Non. Je ne pourrai pas de toute façon.

**Ashley** : T'es impuissant ?

**Dolan** : Non.

**Ashley** : Bon écoute-moi, je sais pas qui tu es ni ce que tu me veux exactement, mais je te préviens, j'ai pas que ça à faire, moi. Alors, soit tu montes, soit tu te casses. Compris ?

**Dolan** : Oui, j'ai compris. Mais j'ai payé. Tu dois rester avec moi.

**Ashley** : Tiens, reprends-le ton biffeton. J'en veux pas.

**Dolan** : Non. Je te l'ai donné. Tu peux le garder.

**Ashley** : Reprends-le, j'te dis !

**Dolan** : Non. Il est à toi.

**Ashley** : J'en veux pas !

**Dolan** : Ben, jette-le. Qu'est-ce que tu veux que je te dise. Il est à toi maintenant, t'en fais ce que tu veux. Ça me regarde pas !

*Ashley lui jette le billet à la figure. Dolan ne réagit pas.*

**Ashley** : T'es con comme mec !

**Dolan** : Tu l'as déjà dit.

**Ashley** : C'est que ça doit être vrai.

**Dolan** : Oui. Peut-être.

**Ashley** : Bon, j'ai une idée. Tu vas faire demi-tour et rentrer chez toi bien sagement. Et moi, je vais pouvoir reprendre mon travail tranquillement.

**Dolan** : Non.

**Ashley** : Quoi, non ?

**Dolan** : J'ai pas envie que ça se passe comme ça. Et pis, j'ai pas envie de rentrer non plus.

**Ashley** : Tu doutes de rien, toi ?

**Dolan** : Si, souvent. Presque toujours, même. Mais là, non. C'est bizarre, je sais pas pourquoi. Je sens qu'il faut que je m'accroche. Que ça va payer. Que c'est mon tour.

**Ashley** : Ton tour de quoi ?

**Dolan** : Mon tour, c'est tout.

**Ashley** : C'est peut-être pas le mien ?

**Dolan** : Pourquoi tu dis ça ?

**Ashley** : Parce que depuis tout à l'heure, ce qui t'intéresse c'est toi et ce que tu veux, toi ! Mais à aucun moment tu t'es demandé si ce que tu voulais, toi, correspondait à ce que je voulais, moi.

**Dolan** : On veut tous l'amour.

**Ashley** : Oui.

**Dolan** : Tu vois. Et c'est ça que je veux pour nous. L'amour. Juste l'amour !

**Ashley** : Et tu crois qu'on peut vivre d'amour ?

**Dolan** : Oui.

**Ashley** : Et le poisson que tu veux me préparer, tu vas le pêcher dans la Seine, peut-être ? Faut l'acheter. Faut acheter plein de choses ! Et une femme ça coûte cher et moi, encore plus.

**Dolan** : Je travaille. Je gagne assez pour vivre à deux sans trop regarder à la dépense.

**Ashley** : Mignon et friqué. Et tu peux pas te trouver une copine normalement ?

**Dolan** : Non.

**Ashley** : Pourquoi ? C'est quoi ton défaut ?

**Dolan** : Je crois au coup de foudre. Je t'ai vue et j'ai su immédiatement que c'était toi !

**Ashley** : Tu sais, c'est d'un banal, ça, de tomber amoureux d'une pute !

**Dolan** : D'une femme ! T'es pas une pute, t'es une femme !

**Ashley** : Non. C'est faux. Je suis une putain. Je gagne ma vie en vendant mon corps à des hommes qui me répugnent. Si je te disais ce que j'ai à endurer comme connards, comme crados qui ne prennent même pas la peine de faire un brin de toilette avant de venir. Souvent leur odeur est à gerber ! Et dans le lot, il y en a plein qui tombent amoureux de moi.

**Dolan** : Je prends une douche tous les matins et même une le soir en été, quand il fait chaud !

**Ashley** : C'est bien !

**Dolan** : Encore un point pour moi.

**Ashley** : Oui.

**Dolan** : Romantique, drôle, pas violent, poète, bon cuisinier, mignon, friqué et propre. T'avoueras que je suis plutôt une bonne affaire.

**Ashley** : Je pourrais tomber plus mal.

**Dolan** : Ça me fait plaisir ce que tu me dis là.

**Ashley** : Ben voilà, on est quitte.

**Dolan** : Quoi ?

**Ashley** : Tu m'as payée et je t'ai donné du plaisir. On est quitte.

*Ashley ramasse le billet.*

**Ashley** : Du coup, je peux le garder.

**Dolan** : Ça ne compte pas. Ce que tu as dit, c'est des choses qu'on dit pour faire plaisir, gratuitement. Sans rien attendre en retour. C'est juste de l'amour.

**Ashley** : Je ne t'aime pas !

**Dolan** : Non ?

**Ashley** : Non.

**Dolan** : Pourtant t'as dit que tu pouvais tomber plus mal.

**Ashley** : C'est juste des mots.

**Dolan** : Non, ce n'est pas vrai, c'est pas juste des mots. Parce que moi je t'aime. Et que ça me fait plaisir de te faire plaisir. Parce que c'est ça l'amour : partager son plaisir.

**Ashley** : Je ne veux rien partager avec toi.

**Dolan** : Qu'est-ce que tu veux alors ? Demande et je le ferai. Je ferais n'importe quoi pour toi.

**Ashley** : Casse-toi !

**Dolan** : Non.

**Ashley** : T'as dit que tu ferais n'importe quoi pour moi.

**Dolan** : Oui.

**Ashley** : Alors casse-toi.

**Dolan** : Je ne peux pas.

**Ashley** : Écoute-moi bien. Je vais être franche avec toi. Tu ne me plais pas.

**Dolan** : C'est pas vrai.

**Ashley** : Si, c'est vrai.

**Dolan** : Non. T'as dit que tu aurais pu tomber plus mal. T'as dit que tu trouvais que j'étais mignon et friqué… Et sympa… Et poète…

**Ashley** : Ça ne suffit pas pour tomber amoureuse.

**Dolan** : Merde ! Qu'est-ce que tu me racontes là ?

**Ashley** : La vérité.

**Dolan** : Qu'est-ce qu'il te faut de plus.

**Ashley** : Je ne sais pas. Ça ne s'explique pas ces choses-là.

**Dolan** : Non, il ne faut pas…

**Ashley** : Il ne faut pas, quoi ?

**Dolan** : T'as pas le droit de me dire ça. C'est pas ce que j'avais prévu.

**Ashley** : Qu'est-ce que tu croyais ? Que t'allais débarquer, me dire que tu savais bien cuisiner le poisson et que ça allait suffire pour que j'abandonne ma vie et que je parte avec toi ?

**Dolan** : Oui.

**Ashley** : C'est ça que tu croyais, vraiment ?

**Dolan** : Oui.

**Ashley** : Tu vas trop au cinéma mon mignon.

*Colère de Dolan qui se jette au cou d'Ashley.*

**Dolan** : Non ! T'as pas le droit de te moquer de moi. T'as pas le droit, t'entends ?

*Ashley se débat et finit par se dégager à moins que ce ne soit Dolan qui ait relâché son étreinte. Ashley tente de reprendre son souffle, à genoux devant Dolan.*

**Dolan** : On aurait pu être heureux tous les deux. Je t'aurais aimée comme aucun autre homme avant moi. T'es comme les autres. T'as tout gâché.

*Dolan se détourne et sort sans un regard pour Ashley. Ashley se redresse.*

**Ashley** : Pauvre Type !

*Elle se dirige vers la cabine téléphonique et y pénètre. Elle sort son téléphone portable de son soutien-gorge et compose un numéro.*

**Ashley** : Allô ? C'est moi, Ashley…

**NOIR**

## Instantané 2

*Un couple. La femme, visiblement amoureuse, a des gestes tendres. L'homme reste impassible.*

**La femme** : Je t'aime.

**L'homme** : Tu devrais pas.

**La femme** : Je sais. Mais c'est plus fort que moi. Je peux pas m'en empêcher.

**L'homme** : N'insiste pas !

**La femme** : Je t'aime.

**L'homme** : Tant pis pour toi.

**NOIR**

## Tableau 2

*Un homme en jogging et tee-shirt est installé dans un vieux canapé élimé. Il a une tablette à la main. Il joue.*
*Une femme entre. Elle est approximativement du même âge que l'homme. Ses vêtements sont vieux et sûrement d'occasion mais féminins malgré tout. Elle porte un cabas qu'elle dépose au sol dès son arrivée.*
*Elle regarde un instant l'homme qui n'a pas bronché.*

**La mère** : Tous les soirs c'est pareil ! Je rentre à la même heure. Tous les soirs.
Et tous les soirs je te trouve là, à la même place, sur ce même fauteuil, dans la même position, ta tablette à la main.
Y a des fois, j' me d'mande si t'es pas juste un mannequin de cire, comme au musée Machin…

**Le père** : Grévin.

**La mère** : Quoi ?

**Le père** : C'est le musée Grévin, qu'il s'appelle, pas le musée Machin !

**La mère** : Ouais c'est ça, le musée Grévin. Remarque, à moi, ça me plairait bien ça, que tu sois qu'un mannequin. Ça m'éviterait d'entendre quand tu gueules.
Quand il pleut et que tu gueules.
Quand il fait froid et que tu gueules.
Quand il fait chaud et que tu gueules.
Quand t'as faim et que tu gueules.
Quand t'as trop bu et que tu gueules.
Quand…

**Le père** : Ta gueule Causette !

**La mère** : Ouais, c'est sûr, t'es pas un mannequin. Le rêve aura pas duré. Le rêve dure jamais avec toi.

**Le père** : Qu'est-ce que t'as, bordel ? C'est pas possible ce que tu peux être chiante tu sais. T'as tes règles ou t'as mangé avarié ?

**La mère** : Pour manger il faudrait que quelqu'un bouge son cul dans cette maison et prépare quelque chose. Mais pour ça, on ne peut pas trop compter sur toi, hein ? C'est toujours moi qui m'y colle. Tu veux que j'te dise ?

**Le père** : Nan !

**La mère** : T'es qu'un bon à rien !

**Le père** : Je vais me lever, je vais t'en foutre une, tu vas voir si j'suis un bon à rien.

**La mère** : Toi tu sais parler aux femmes ! Tu sais les faire rêver !

**Le père** : Quand je les fais rêver, c'est pas parce que je leur parle.

**La mère** : C'est sûr ! J'vais pas dire le contraire. Y a qu'à te regarder. Toi, tu les fais rêver avec ton physique, hein, c'est ça ? Connard !

**Le père** : T'as décidé de me pourrir ma soirée, c'est ça ?

**La mère** : Tu me pourris bien la vie, je peux bien te pourrir une soirée.

**Le père** : Si t'es pas contente, je te retiens pas. La porte, c'est là.

**La mère** : Tu serais bien comme un con si je le faisais hein ? Si je me barrais.

**Le père** : C'est ça.

**La mère** : Parfaitement que c'est ça. Si j'me barrais, là, que j'te laissais, maintenant, là, comme ça ! Tu serais dans la merde.

**Le père** : Je serais surtout au calme !

**La mère** : Mais qui c'est qui te ferait à manger, hein ?

**Le père** : J'me démerderais.

**La mère** : Toi ? Tu te démerderais ? Ah ben mon cochon, je serais curieuse de voir ça. Déjà que je ne suis même pas sûre que tu saches où est la cuisine.

**Le père** : J'demanderais à Ashley.

**La mère** : Ben tiens ! Pour lui demander quelque chose à elle aussi, faudrait déjà qu'elle soit là. Où qu'elle est ?

**Le père** : Je sais pas.

**La mère** : Comme son père celle-là. Tu vas voir qu'elle va se pointer une fois que ça sera prêt.

**Le père** : Elle bosse ! Tu vas quand même pas lui reprocher de bosser, non ? Moi je bosse pas et t'es pas contente et elle, elle bosse et t'es pas contente non plus ! Faudrait savoir ce que tu veux !

**La mère** : C'est ça, elle bosse !

**Le père** : Ben ouais, elle bosse.

**La mère** : Elle tapine ! Elle fait la pute !

**Le père** : Elle ramène de l'argent à la maison.

**La mère** : Moi aussi je ramène de l'argent à la maison, en faisant des ménages, pas la pute.

**Le père** : Tais-toi, tu m'fatigues.

**La mère** : Une pute oui, voilà ce que c'est ! Ta fille est une putain.

**Le père** : Notre ! Notre fille…

**La mère** : Est une putain !

**Le père** : Est une putain, ouais. Et alors ?

**La mère** : Quoi et alors ? C'est tout ce que ça te fait ?

**Le père** : On l'a pas forcée. C'est elle qu'a choisi.

**La mère** : Tu n'as pas honte ?

**Le père** : Y a pas de honte à avoir. Elle gagne sa vie honnêtement. Son argent, elle le vole pas.

**La mère** : Va dire ça à ceux qui demandent.

**Le père** : Qui demandent quoi ?

**La mère** : Qu'est-ce qu'elle fait votre fille ?

**Le père** : Il y en a qui te demandent ça ?

**La mère** : Plein.

**Le père** : Pourquoi ils te demandent ça ?

**La mère** : Pour savoir.

**Le père** : Qu'est-ce que ça peut leur foutre ?

**La mère** : Est-ce que je sais moi ? Ils veulent discuter.

**Le père** : Ils peuvent pas discuter d'autre chose, non ?

**La mère** : Au début ils parlent d'autre chose, du temps qu'il fait, de l'émission de la veille à la télé, du prix de l'essence qu'est trop cher…

**Le père** : Ça, c'est vrai.

**La mère** : On s'en fout, on n'a plus de voiture.

**Le père** : C'est pas parce qu'on n'a plus de voiture qu'on doit s'en foutre du prix de l'essence. Parce que si jamais un jour on a assez d'argent…

**La mère** : Quoi ? Qu'est-ce que tu racontes ? Comment ça se ferait ça, qu'un jour on aurait assez d'argent ? Tu crois que c'est en restant avachi dans ton fauteuil que tu vas en gagner de l'argent ?

**Le père** : Tais-toi quand je cause. Je t'explique.

**La mère** : Ouais, c'est ça, explique-moi parce que moi je ne comprends pas. Comment on va en avoir de l'argent ?

**Le père** : C'est pas la question. La question c'est pourquoi faut pas se foutre du prix de l'essence ? Alors, comme je te disais, si jamais un jour, on sait pas ce qui peut arriver, la roue qui tourne, on sait pas, bref, un jour on a assez d'argent, eh ben on en achètera une, de voiture et alors tu verras que le prix de l'essence tu t'en foutras plus et que tu trouveras ça trop cher.

**La mère** : En attendant que ta roue elle tourne et qu'on ait assez d'argent pour se payer une bagnole, moi, je marche à pied.

**Le père** : Ouais, t'as raison, c'est plus facile.

**La mère** : Mais c'est plus fatigant !

**Le père** : T'as rien compris. De toute façon tu comprends jamais rien. C'est plus facile de marcher à pied, c'est ça que je veux dire.

**La mère** : Quoi ?

**Le père** : T'as dit que tu marchais à pied.

**La mère** : Ouais et alors ?

**Le père** : À pied, bordel !

**La mère** : Quoi à pied ?

**Le père** : Quand on marche, c'est forcément à pied ! C'est pour ça que je dis que c'est plus facile.

**La mère** : Tu te fous de ma gueule ?

**Le père** : T'es vraiment conne, j'te jure !

**La mère** : Tu déteins sur moi, qu'est-ce que tu veux que j'te dise ?

**Le père** : Rien. J'aimerais que tu ne dises rien ! Ou plutôt si, tiens, finis ton histoire.

**La mère** : Quelle histoire ?

**Le père** : Quelle histoire ? Tu le fais exprès ou quoi ? Les gens qui te demandent pour Ashley.

**La mère** : Ben c'est ça l'histoire. Des fois il y a des gens qui me demandent ce qu'elle fait dans la vie.

**Le père** : Et alors ?

**La mère** : Je sais pas quoi leur dire.

**Le père** : Ben t'as qu'à leur dire que c'est une putain.

**La mère** : Une putain ?

**Le père** : Ouais.

**La mère** : Comme ça ? Direct ? « Elle fait quoi votre fille ? » « Ma fille elle fait la putain ! » C'est ça que tu veux qu'j'dise ?

**Le père** : Ouais.

**La mère** : T'es malade.

**Le père** : Pourquoi ? Puisque c'est la vérité.

**La mère** : Je vais pas dire ça.

**Le père** : Et pourquoi pas ?

**La mère** : Parce que ça se dit pas.

**Le père** : Vous êtes trop compliquées les bonnes femmes !

**La mère** : Parce que toi, tu le dis ?

**Le père** : Que ?

**La mère** : Qu'Ashley est une putain.

**Le père** : Non.

**La mère** : Ah ! Tu vois, tu le dis pas !

**Le père** : Mais je le dis pas parce que personne me le demande ! Qu'est-ce que tu crois ? J'connais personne qui serait assez tordu pour me demander ce qu'elle fait ma fille ! Moi, les seuls mecs que je connais, ils la connaissent Ashley, ils savent déjà ce qu'elle fait. D'ailleurs, même si ça se peut, il y en a, c'est peut-être des clients à elle ! Faudrait que j'leur demande, tiens ! Ça serait marrant de savoir !

**La mère** : C'est tout ce que ça te fait ?

**Le père** : Tu te rends compte ? Tiens, par exemple, Momo. T'imagines si Momo c'est un client à Ashley ?

**La mère** : Momo ? Il est plus vieux que toi et il est marié avec Patricia.

**Le père** : Ouais justement, t'imagines ?

**La mère** : Non, j'imagine pas, je ne veux pas imaginer. Ça me donne envie de gerber ce que tu dis là.

**Le père** : L'enfoiré quand même ! Quand je pense que je le vois tous les mardis et tous les vendredis pour le turf. Et qu'il m'a jamais rien dit. Il fait le mec qui vient jouer son petit tiercé, comme ça, tranquille, et qui retourne chez lui après pour manger avec sa femme !

**La mère** : Patricia !

**Le père** : Ouais, c'est moche.

**La mère** : Qu'est-ce que tu vas faire ?

**Le père** : Quoi, qu'est-ce que je vais faire ?

**La mère** : Ça peut pas continuer ? Il peut pas tromper Patricia comme ça.

**Le père** : Qu'est-ce que tu racontes ? Il la trompe pas.

**La mère** : Tu viens de dire qu'il... enfin... avec Ashley...

**Le père** : Ouais, attends, d'abord, c'est pas sûr. Faut que j'demande à Ashley avant. Et pis de toute façon, un mec qui va voir une pute, il trompe pas sa femme.

**La mère** : Ah bon ?

**Le père** : Ben non.

**La mère** : Et qu'est-ce qu'il fait alors ?

**Le père** : Ben, il baise une pute, c'est tout, pour se détendre. Il y en a qui vont au cinéma ou qui lisent des bouquins ou je ne sais pas trop encore ce qu'ils font comme conneries et y en a d'autres qui vont aux putes. Si tu vas au cinéma ou que tu lis un bouquin, je vais pas te faire une scène parce que tu me trompes, non, ça serait idiot. D'ailleurs, franchement, est-ce que t'aurais l'impression de me tromper si tu allais au cinéma ou que tu lisais un bouquin ?

**La mère** : Non.

**Le père** : Ben voilà et c'est normal. C'est comme ça. C'est juste pour se détendre, se changer les idées. Eh ben, pour les putes c'est pareil. Pour tromper il faut qu'il y ait de l'amour. Et il n'y a pas d'amour quand tu vas voir une pute.

**La mère** : Et toi, tu t'es déjà détendu comme ça ?

**Le père** : Moi ? Non !

**La mère** : Tu me le jures ?

**Le père** : Ouais.

**La mère** : Ça veut dire que tu m'aimes alors ?

**Le père** : Ça veut dire que j'ai pas assez d'argent.

**NOIR**

## Instantané 3

*La femme attend. L'homme entre, un bouquet de roses à la main. Il l'offre à la femme.*

**L'homme** : Tiens !

**La femme** : Merci c'est gentil.

**L'homme** : Je ne sais pas ce que tu aimes alors j'ai pris des roses.

**La femme** : J'aime bien les roses.

**L'homme** : Vrai ?

**La femme** : Oui. J'aime bien les fleurs en général, de toute façon. Toutes les fleurs.

**L'homme** : Ah d'accord…

**La femme** : Mais les roses, c'est très bien !

**L'homme** : Bon, ben… J'suis content que ça te plaise.

**La femme** : Oui.

**NOIR**

## Tableau 3

*Un banc, dans un parc peut-être…*
*Max est assis. Il manipule son téléphone portable.*
*Soudain le téléphone émet le bruit d'une notification.*
*Max regarde le téléphone puis lève la tête et semble chercher du regard quelque chose ou quelqu'un.*
*Naïma apparaît. Elle a un téléphone à la main et semble chercher quelqu'un.*

**Max** *(montrant son téléphone)* : Salut.

**Naïma** : Bonjour.

**Max** : Max.

**Naïma** : Salut.

**Max** : Naïma, c'est ça ?

**Naïma** : Oui.

**Max** : Je t'en prie, assieds-toi.

**Naïma** : Merci.

**Max** : Ça va ?

**Naïma** : Oui.

**Max** : Tu viens souvent dans ce parc ?

**Naïma** : Oui. Je travaille pas loin, rue Gambetta.

**Max** : Ah d'accord. Tu fais quoi ?

**Naïma** : Je travaille dans une agence de voyage.

**Max** : Ah, c'est cool, ça.

**Naïma** : Ouais. Et toi ?

**Max** : Je travaille dans le bâtiment. Je suis électricien, à mon compte. En fait, pour l'instant je suis auto entrepreneur. Mais si ça marche bien je vais créer ma propre entreprise.

**Naïma** : D'accord.

*Un temps.*

**Naïma** : Et donc pour le moment, ça va bien ? Je veux dire ton boulot ?

**Max** : Ouais. Ça part plutôt bien, oui. J'ai pas mal de chantiers. C'est crevant, mais je vais pas me plaindre.

**Naïma** : Ça doit être physique comme métier ?

**Max** : Ouais. Mais bon, faut savoir ce qu'on veut dans la vie.

**Naïma** : C'est sûr.

**Max** : Et toi, tu voyages beaucoup ?

**Naïma** : Ah non. En tout cas, pas autant que je le voudrais. Moi, je fais voyager les autres.

**Max** : C'est sympa pour eux.

**Naïma** : Oui.

*Le clochard du tableau 1 entre. Il s'approche du couple.*

**Le Clochard** : Bonjour les amoureux ! Vous auriez pas une petite pièce… ou un ticket restaurant ?

**Max** : Je suis désolé, je n'ai pas de monnaie.

**Le Clochard** : Je prends aussi les grosses coupures.

**Naïma** *(lui tendant une pièce)* : Tenez.

**Le Clochard** : Merci princesse. Au revoir les tourtereaux !

**Max** : Au revoir.

**Naïma** : Bonne journée.

**Le Clochard** : À vous aussi ! Prenez soin de vous.

**Max** : Il était sympa.

**Naïma** : Oui, le pauvre !

**Max** : Oui.

**Naïma** : On en était où ?

**Max** : Je ne sais plus. Tu… Tu veux qu'on aille quelque part ?

**Naïma** : Où ça ?

**Max** : Je sais pas. Boire un café ou je sais pas…

**Naïma** : Non ça va. De toute façon, je ne peux pas rester trop longtemps.

**Max** : Ah d'accord.

**Naïma** : J'ai pris sur ma pause déjeuner, j'ai mangé à toute vitesse pour pouvoir venir, mais il va bientôt falloir que je retourne bosser.

**Max** : Dans combien de temps ?

**Naïma** : Dans 10 minutes.

**Max** : Ah oui, c'est rapide.

**Naïma** : Je me suis dit que ça suffisait pour une première fois.

**Max** : Oui, remarque tu n'as pas tort. Si le courant passe on peut toujours se revoir et si ça passe pas, ben 10 minutes c'est vite passé.

**Naïma** : Oui, c'est ce que je me suis dit aussi.

**Max** : Et alors ?

**Naïma** : Alors quoi ?

**Max** : Ben le courant, il passe ou il ne passe pas ?

**Naïma** : Ah ! Je… Je sais pas encore.

**Max** *(regardant sa montre)* : Il me reste 9 minutes pour convaincre alors.

**Naïma** : C'est ça. Mais je suis sûre que tu vas arriver à faire passer le courant.

**Max** : C'est gentil.

**Naïma** : Non, je dis ça parce… comme tu es électricien…

**Max** : Ah ! Oui…

**Naïma** : Je suis désolée, je suis un peu nerveuse…

**Max** : Oui moi aussi, je te rassure.

**Naïma** : Du coup j'espère que tu es vraiment un bon électricien…

**Max** : Tu me mets la pression, là !

*Léger temps.*

**Max** : Et sinon ça fait longtemps que t'es inscrite ?

**Naïma** : Sur le site ?

**Max** : Oui.

**Naïma** : Ça fait 3 semaines à peu près. Et toi ?

**Max** : 2 mois.

**Naïma** : Ah oui, t'as plus d'expérience que moi alors.

**Max** : Oh non pas vraiment. Je n'y vais pas tous les jours non plus.

**Naïma** : Et tu as déjà rencontré beaucoup de personnes ?

**Max** : Non. En fait j'avais jamais osé franchir le pas avant.

**Naïma** : C'est ta première rencontre ?

**Max** : Oui.

**Naïma** : Moi aussi !

**Max** : J'avais peur de pas savoir quoi dire.

**Naïma** : Pareil. Je me disais, qu'est-ce que je vais bien pouvoir raconter ?

**Max** : Ouais c'est ça. Alors je me suis fait tout plein de films. Je vais dire ça, ensuite elle va dire ça, du coup je vais dire ça.

**Naïma** : Oui, pareil, moi aussi.

**Max** : Et puis en fait…

**Naïma** : Ça vient tout seul.

**Max** : C'est ça.

**Naïma** : Une amie m'a dit que le mieux c'était de pas prévoir et rester soi-même.

**Max** : J'ai mon meilleur pote qui m'a dit la même chose.

**Naïma** : Ah oui ?

**Max** : Oui.

*Léger temps.*

**Max** : C'est pas évident, quand même.

**Naïma** : Non.

**Max** : T'as pas une question à me poser ?

**Naïma** : Non… là comme ça, je vois pas… Et toi ?

**Max** : Pareil.

**Naïma** : C'est gênant quand même.

**Max** : Oui, c'est pas naturel. Du coup 10 minutes c'est bien finalement.

**Naïma** : Pourquoi tu dis ça ? Le courant ne passe pas ?

**Max** : Ah non ! Non, ce n'est pas pour ça, non ! C'est jute que comme on ne sait pas vraiment quoi dire c'est bien que ça ne dure pas longtemps.

**Naïma** : Ah d'accord.

**Max** : Et puis comme ça on va rentrer chacun chez soi en repensant qu'on a été super nul et qu'on aurait pu dire ça ou ça ou je ne sais pas quoi.

**Naïma** : Carrément !

**Max** : Et du coup on saura mieux quoi se dire la prochaine fois qu'on se verra.

**Naïma** : Tu veux qu'il y ait une prochaine fois ?

**Max** : Heu, oui… oui, j'aimerais bien. Pas toi ?

**Naïma** : Si ! Ça serait bien.

**Max** : Cool.

**Naïma** : Oui. Je pense qu'on sera moins gêné…

**Max** : Oui, on se connaîtra déjà.

**Naïma** : Oui. Bon, ben, je vais devoir y aller.

**Max** : Ouais. Le boulot !

**Naïma** : Faut bien.

**Max** : Bon courage.

**Naïma** : Merci. Toi aussi. A bientôt !

**Max** : Salut.

*Naïma s'éloigne.*

**Max** : Attends !

**Naïma** : Oui ?

**Max** : Je viens de penser. Je… je peux avoir ton numéro… Pour… Enfin…

**Naïma** : Oui bien sûr.

**Max** : Si on veut se revoir, c'est plus facile.

**Naïma** : Tu as de quoi noter ?

**Max** : Je vais l'enregistrer directement sur mon portable.

**Naïma** : Attends, je vais te l'envoyer par l'appli, ça sera plus pratique.

**Max** : OK.

**Naïma** : Voilà !

**Max** : C'est bon, je l'ai ! C'est super ! Ben du coup je t'envoie le mien aussi.

**Naïma** : OK, merci. Bon, je dois vraiment y aller.

**Max** : Bien sûr.

**Naïma** : On s'appelle ?

**Max** : Avec plaisir.

**Naïma** : Salut !

**Max** : Salut !

*Naïma sort.*

**Max** : Waouh !

**NOIR**

**Instantané 4**

**L'homme** : Hey ! Salut !

**La femme** : Salut !

**L'homme** : Ça va ?

**La femme** : Ouais… Et toi ?

**L'homme** : Ça va merci. Je voulais savoir, je… Je peux te parler ?

**La femme** : Ouais. Qu'est-ce qu'il y a ?

**L'homme** : Ben… Je sais pas comment dire…

**La femme** : Qu'est-ce qu'il se passe ?

**L'homme** : Rien ! Enfin… C'est pas facile… Je voulais te dire… Ça fait un moment qu'on se croise dans les couloirs… Et je voulais savoir si… Si tu serais d'accord pour aller prendre un pot, un soir, après le boulot ?

**La femme** : Tous les deux ?

**L'homme** : Ouais… Tous les deux…

**La femme** : Pourquoi pas ?

**L'homme** : Vraiment ?

**La femme** : Ben oui, pourquoi pas !

**L'homme** : Ah ben c'est cool. Ben quand tu veux alors…

**La femme** : Je ne sais pas. Ce soir si tu veux ?

**L'homme** : Ouais, ce soir, ça me va, c'est très bien…

**La femme** : OK.

**L'homme** : On s'attend dans le hall ?

**La femme** : D'accord.

**L'homme** : Bon, ben à ce soir.

**La femme** : À ce soir !

**NOIR**

## Tableau 4

*Un lieu de passage public. Ce peut être un hall de gare ou d'aéroport, par exemple.
Une pendule indique 5h00. Le jour pointe le bout de son nez.
Un clochard est couché sur un banc.
Entre une femme de ménage. Elle a un casque sur les oreilles et chante à tue-tête tout en nettoyant le sol.*

**Le clochard** : Oh ! C'est quoi ce bordel ?

*La femme de ménage n'a rien entendu et continue de chanter tout en travaillant.
Le clochard se lève et se dirige vers elle.*

**Le clochard** : Hé !

**La femme de ménage** *(surprise)* : Ah !

**Le clochard** : Je vous ai fait peur ?

**La femme de ménage** : Ça va pas la tête ?

**Le clochard** : Désolé, mais avec votre casque, là, vous ne m'entendiez pas.

**La femme de ménage** : Qu'est-ce que vous me voulez ?

**Le clochard** : Est-ce que vous pourriez chanter moins fort, s'il vous plaît madame ?

**La femme de ménage** : Quoi ?

**Le clochard** : En fait, est-ce que vous pourriez ne pas chanter du tout ?

**La femme de ménage** : Pourquoi ?

**Le clochard** : Parce qu'il y a des gens qui dorment ici, madame !

**La femme de ménage** : Ah ouais ? Ben, il y a des gens qui travaillent ici, monsieur.

**Le clochard** : Et alors ? Il n'y a pas de quoi s'en vanter !

**La femme de ménage** : J' me vante pas ! Vous me dites que vous dormez, moi je vous dis que je travaille. Voilà, c'est tout ! Chacun son truc.

**Le clochard** : Parce que balayer, c'est votre truc ?

**La femme de ménage** : Faut bien travailler.

**Le clochard** : Ouais, je dis pas ! Mais de là à en être fière.

**La femme de ménage** : Ben oui, j'en suis fière. Je ne vois pas pourquoi je devrais en avoir honte ! Je fais rien de mal. Je suis honnête, moi, monsieur.

**Le clochard** : Oh là ! J'vous arrête tout de suite, madame. Qu'est-ce que ça veut dire ça, « je suis honnête, moi, monsieur » ? Moi aussi, j'suis honnête. C'est pas parce qu'on dort sur un banc qu'on n'est pas honnête !

**La femme de ménage** : J'ai pas dit ça.

**Le clochard** : Ah je suis désolé madame mais c'est ce que ça voulait dire.

**La femme de ménage** : Mais pas du tout. C'est vous qui m'agressez en disant…

**Le clochard** : Moi ? Moi j'vous ai agressé ?

**La femme de ménage** : Parfaitement !

**Le clochard** : Ah ben c'est la meilleure, celle-là !

**La femme de ménage** : Ah parce que vous ne m'avez pas agressée peut-être ?

**Le clochard** : Ben non !

**La femme de ménage** : Et comment vous appelez ça alors ?

**Le clochard** : Quoi ?

**La femme de ménage** : Vous m'avez sauté dessus en hurlant alors que je faisais tranquillement mon ménage.

**Le clochard** : Mais je ne vous ai pas sauté dessus ! Qu'est-ce qu'elle raconte, celle-là ? J'vous ai seulement demandé d'arrêter de chanter.

**La femme de ménage** : Je chante si je veux ! C'est pas interdit, je fais de mal à personne...

**Le clochard** : C'est vous qui le dites !

**La femme de ménage** : Ben oui, c'est moi qui le dis. Qu'est-ce que ça veut dire, ça, « c'est vous qui le dites » ?

**Le clochard** : Ben... sauf le respect que je vous dois, madame, on peut pas dire que vous chantiez comme la Callas !

**La femme de ménage** : Qui ça ?

**Le clochard** : La Callas ! Vous connaissez pas la Callas ?

**La femme de ménage** : Non.

**Le clochard** : Maria Callas ?

**La femme de ménage** : Ça me dit rien.

**Le clochard** : La plus grande chanteuse d'opéra de tous les temps !

**La femme de ménage** : J'aime pas l'opéra.

**Le clochard** : Vous aimez pas ou vous ne connaissez pas ?

**La femme de ménage** : Les deux.

**Le clochard** : Je comprends pas. Comment vous pouvez ne pas aimer quelque chose que vous ne connaissez pas ?

**La femme de ménage** : C'est pour les intellos, ça, l'opéra. Et pour ceux qu'ont le temps de s'y intéresser. Moi, j'ai pas le temps.

**Le clochard** : Mais non…

**La femme de ménage** : Et pis faut avoir de l'argent pour aller à l'opéra. Vous croyez que je peux me payer l'opéra avec mon salaire ?

**Le clochard** : Il y a des places, c'est pas plus cher que le cinéma.

**La femme de ménage** : Ben justement, le cinéma, j'y vais pas non plus. Parce que vous, vous y allez à l'opéra et au cinéma ?

**Le clochard** : Plus trop en ce moment, non.

**La femme de ménage** : Ben voilà ! Moi c'est pareil.

**Le clochard** : Mais si je pouvais, j'irais, madame !

**La femme de ménage** : Mais moi aussi, monsieur, si je pouvais, j'irais ! Qu'est-ce que vous croyez ? Ça me plairait bien, moi, d'aller voir à l'opéra comment c'est, dans une belle robe de soirée et accompagnée d'un homme bien habillé, dans un beau smoking. Mais j'ai ni la robe ni le smoking ni le bel homme à mettre dedans. Et pis, quand on se lève tous les jours à 3 heures du matin, eh ben, croyez-moi, le soir, on n'a absolument pas envie d'aller à l'opéra, ni au cinéma, ni nulle part ailleurs ! On veut juste se coucher et dormir un peu.

**Le clochard** : Je comprends.

**La femme de ménage** : Vous comprenez ? Eh ben si vous comprenez, vous allez me laisser finir mon travail.

**Le clochard** : Du moment que vous chantez pas !

**La femme de ménage** : Quoi ?

**Le clochard** : Faites ce que vous voulez après tout ! Ça m'est égal. De toute façon maintenant, c'est plus l'heure de dormir. Je rends ce lieu au monde des vivants. Il est à vous et à vos semblables.

**La femme de ménage** : Mes semblables ? De qui vous parlez ? C'est qui mes semblables ?

**Le clochard** : Ceux qui sont comme vous, qui travaillent pour une misère sans aucune reconnaissance mais qui en sont fiers.

**La femme de ménage** : Vous avez un problème avec la fierté et le travail vous ! J'suis pas fière moi ! Mais je n'ai pas à avoir honte !

**Le clochard** : Vous m'avez lancé votre travail à la tronche comme si ça vous rendait supérieure à moi.

**La femme de ménage** : N'importe quoi !

**Le clochard** : Bon, en même temps, je comprends. On est descendu si bas dans cette société qu'avoir un boulot c'est devenu un luxe alors on s'en vante ! C'est pour ça que ceux qui sont comme vous, là avec des boulots de merde, sous payés, ils savent qu'ils sont encore privilégiés, alors ils disent rien. Ils ferment leur gueule et ils bossent. Ils peuvent pas joindre les 2 bouts, ils peuvent pas payer leurs factures, mais ils sont contents, ils ont un boulot ! C'est ça ?

**La femme de ménage** : Vous croyez vraiment que je suis contente ? Vous croyez vraiment que ça m'amuse, moi, de me bousiller la santé à nettoyer les cochonneries des autres et de n'avoir presque rien à la fin du mois ?

**Le clochard** : Presque rien, c'est mieux que rien ! Parce que moi, j'ai rien à la fin du mois, rien du tout ! Bon, j'en ai pas plus au début d'ailleurs. Mais au moins, je sais pourquoi et je sais que c'est logique, vu que je travaille plutôt en alternance.

**La femme de ménage** : Ah bon ? Parce que vous travaillez, vous ?

**Le clochard** : En alternance !

**La femme de ménage** : En alternance, mais ouais, c'est ça !

**Le clochard** : Disons que j'ai bossé plusieurs années mais là ça fait trois ans que je bosse plus. J'alterne quoi.

**La femme de ménage** : C'est ce que je me disais.

**Le clochard** : Finalement, on est pareil tous les deux.

**La femme de ménage** : Si vous le dites.

**Le clochard** : On est des survivants.

**La femme de ménage** : Des survivants ?

**Le clochard** : Ouais. On survit plus qu'on ne vit. La seule différence c'est que vous, vous avez sans doute une famille…

**La femme de ménage** : Non, je suis seule.

**Le clochard** : Ah !

**La femme de ménage** : Vous avez raison, je suis une survivante. Et je ne sais même pas pourquoi.

**Le clochard** : Pourquoi quoi ?

**La femme de ménage** : Pourquoi je survis ?

**Le clochard** : Ça s'appelle l'espoir.

**La femme de ménage** : L'espoir ?

**Le clochard** : C'est ce qu'on dit : Tant qu'il y a de la vie, il y a de l'espoir.

**La femme de ménage** : L'espoir de quoi ?

**Le clochard** : Est-ce que je sais, moi, c'est quoi votre espoir ? C'est personnel, ça, l'espoir. C'est un truc qu'on a tous en nous, comme un trésor, bien caché, blotti au plus profond de notre âme ou de notre cœur. Tout le monde rêve et espère.

**La femme de ménage** : Même vous ?

**Le clochard** : Bien sûr ! Moi, j'espère qu'un jour je vais m'en sortir. Que je retrouverai un boulot qui me permettra de payer un loyer. Un petit appart à moi avec une salle de bain, pour pouvoir me laver tous les jours. Comme ça, je serai propre comme un sou neuf, je sentirai bon l'eau de Cologne et même que si ça se peut, je trouverai l'amour. Une gentille petite femme, oh pas forcément bien belle, mais gentille et aimante. Elle aussi elle aura connu des galères dans la vie. C'est pour ça que ça collera si bien entre nous.

**La femme de ménage** : Finalement, elle vous plaît bien ma vie de merde ! Vous la voudriez bien !

**Le clochard** : Ouais. Votre vie de merde, c'est mon rêve.

**La femme de ménage** : Je vous souhaite que votre rêve se réalise. Sincèrement.

**Le clochard** : C'est gentil. Et vous ?

**La femme de ménage** : Quoi, moi ?

**Le clochard** : C'est quoi alors, votre espoir à vous ?

**La femme de ménage** : Je ne sais pas. Je n'y ai jamais réfléchi. *(Léger temps)* J'aimerais juste pouvoir me reposer un peu. Pas être obligée de me lever à 3 heures, chaque matin. Et pis je voudrais un vrai salaire. J'veux pas des millions, hein ! Je saurais pas quoi en faire. Mais je voudrais que mon salaire me permette de payer de quoi vivre et pas survivre, comme vous dites. Vous voyez ce que je veux dire ?

**Le clochard** : Oui

**La femme de ménage** : Que je sois pas obligée de compter chaque centime dès le 15 du mois. Et pis, moi aussi j'aimerais faire une jolie rencontre…

**Le clochard** : Eh ben, pour quelqu'un qui savait pas quel était son espoir, vous avez vite trouvé ! On vous arrête plus !

**La femme de ménage** : C'est trop ?

**Le clochard** : Non. C'est bien. C'est juste ce qu'il faut.

**La femme de ménage** : Bon, faut que j'y retourne parce que j'suis pas en avance.

**Le clochard** : Oui, bien sûr. Excusez-moi de vous avoir retenue. Je prends mes affaires et je vous laisse la place.

**La femme de ménage** : Attendez ! *(Lui tendant un billet de 10 euros)* Tenez.

**Le clochard** : Je vous ai rien demandé.

**La femme de ménage** : C'est pour ça que je vous le donne.

**Le clochard** : Vous êtes sûre ?

**La femme de ménage** : Non. Je regrette déjà. Bon vous le prenez ou pas ?

**Le clochard** : Non. Parce que vous en avez autant besoin que moi de cet argent. Et pis, je prends que si c'est donné de bon cœur, pas par pitié. Sinon, c'est comme si c'était du vol. Et moi j'suis honnête. Je vole pas.

**La femme de ménage** : Allez, faites pas votre tête de mule. Je vous le donne de bon cœur.

**Le clochard** : Dans ce cas…

**La femme de ménage** : Mais c'est pas pour boire, hein ?

**Le clochard** : Promis. De toute façon, je bois pas.

**La femme de ménage** : C'est ça.

**Le clochard** : J'me réchauffe.

**La femme de ménage** : Ah oui, je vois le genre.

**Le clochard** : Survivre, madame, j'essaye juste de survivre.

**La femme de ménage** : Bon courage à vous.

**Le clochard** : Au revoir madame.

**La femme de ménage** : Au revoir monsieur. Prenez soin de vous.

**Le clochard** : Vous aussi.

**La femme de ménage** : Dites !

**Le clochard** : Oui ?

**La femme de ménage** : Vous serez là demain ?

**Le clochard** : Je ne sais pas, madame. Pourquoi ?

**La femme de ménage** : Pour… savoir.

**Le clochard** : Pourquoi vous voulez savoir ça ?

**La femme de ménage** : Ben si vous êtes là, j'éviterais de chanter en arrivant.

**Le clochard** : Ah ! Ben, c'est gentil, ça, madame.

**La femme de ménage** : Alors ? Vous serez là ?

**Le clochard** : Je peux rien vous promettre. Je sais déjà pas ce que je vais faire aujourd'hui alors savoir où je vais dormir ce soir...

**La femme de ménage** : Et puis, je... j'aimerais bien vous revoir.

**Le clochard** : Me revoir ? Moi ?

**La femme de ménage** : Oui.

**Le clochard** : Pourquoi vous voulez me revoir ?

**La femme de ménage** : Parce que... parce que ça m'a fait du bien de parler avec vous.

**Le clochard** : Alors, j'essaierai, madame. J'essaierai. Au revoir alors !

**La femme de ménage** : Oui, au revoir.

*Il sort sous le regard de la femme de ménage qui remet son casque et reprend son activité.*

**NOIR**

## Instantané 5

*Un couple enlacé tendrement.*

**Personnage 1** : Je t'aime.

**Personnage 2** : Moi aussi je t'aime.

*Ils s'embrassent.*

## NOIR

## Tableau 5

*Marie-Rose et Roger, un couple très âgé est assis sur un canapé.
À côté d'eux, sur une chaise, une journaliste, les interroge.*

**La journaliste** : Bonjour Marie-Rose. Bonjour Roger.

**Marie-Rose** : Bonjour madame.

**Roger** : Bonjour madame.

**La journaliste** : Alors, tout d'abord, permettez-moi de vous demander : Comment allez-vous ?

**Roger** : Ça va bien.

**Marie-Rose** : Oui, ça va très bien merci.

**La journaliste** : Vous allez tous les deux avoir cent ans cette année, c'est ça ?

**Roger** : Oui, c'est ça. Moi, ça sera dans… 3 jours, je crois, hein ? Quel jour on est ?

**Marie-Rose** : Oui, 3 jours.

**Roger** : Oui. Et Marie-Rose dans 5 mois. Jour pour jour.

**La journaliste** : Jour pour jour ?

**Roger** : Oui, on est tous les deux nés un 21 !

**Marie-Rose** : Lui en février et moi en août !

**La journaliste** : Et vous vous connaissez depuis longtemps ?

**Marie-Rose** : Holà, oui ! Très longtemps.

**Roger** : Pensez, on était gamins. On s'est connu à l'école, hein ?

**Marie-Rose** : Oui, on devait avoir 5 ou 6 ans.

**Roger** : Oui, quelque chose comme ça…

**La journaliste** : Ça fait quatre-vingt-quinze ans que vous vous connaissez ?

**Roger** : Ça ne nous rajeunit pas !

**La journaliste** : C'est incroyable, dites-moi !

**Marie-Rose** : Ah bon, vous trouvez ?

**Roger** : Il paraît…

**La journaliste** : Non ? Vous ne pensez pas ?

**Marie-Rose** : Pour nous, c'est normal.

**La journaliste** : En tous les cas, ce n'est pas commun. Et vous vous êtes mariés à quel âge ?

**Roger** : Dès qu'on a pu.

**Marie-Rose** : À 21 ans. Quand il est rentré de l'armée.

**La journaliste** : 21 ans ?

**Marie-Rose** : Hé oui !

**Roger** : Ça commence à dater, hein ?

**La journaliste** : Oui, ça fait quoi ? 79 ans que vous êtes mariés ! C'est incroyable !

**Roger** : Tant que ça ? Eh ben…

**La journaliste** : Ah oui, même vous, Roger, ça vous surprend.

**Roger** : Ben oui. C'est que j'ai jamais compté, moi.

**Marie-Rose** : C'est les autres qui comptent pour nous.

**La journaliste** : Ah bon ?

**Roger** : Oui. Nous on vit ensemble, on ne fait pas attention à tout ça..

**La journaliste** : Et vous vous aimez toujours.

**Roger** : Ah oui bien sûr.

**Marie-Rose** : Comme au premier jour.

**La journaliste** : Et vous n'avez jamais été séparés ?

**Roger** : Si, quelques fois.

**Marie-Rose** : Mais jamais bien longtemps. 2 ou 3 jours tout au plus.

**Roger** : Sauf quand je suis parti à l'armée. Là c'était autre chose. C'était dur.

**La journaliste** : Qu'est-ce qui était dur ?

**Roger** : Ben d'être séparés.

**Marie-Rose** : Mais il m'écrivait tous les jours.

**Roger** : Ah oui.

**La journaliste** : Tous les jours ?

**Marie-Rose** : Comme je vous dis, tous les jours.

**Roger** : Oui, c'est vrai.

**La journaliste** : Et qu'est-ce que vous écriviez dans ces lettres, Roger ?

**Roger** : Oh ben… toutes sortes de choses. Sur… comment c'était. Et pis bien sûr, forcément, qu'elle me manquait… Des choses comme ça, quoi.

**Marie-Rose** : Oui ça l'armée, c'était pas facile.

**La journaliste** : Donc vous ne vous êtes jamais vraiment quittés ?

**Roger** : Hein ? Se quitter ?

**La journaliste** : Oui.

**Marie-Rose** : Quelle idée !

**Roger** : Pour quoi faire ?

**La journaliste** : Mais alors, ça veut dire que vous, Marie-Rose, vous n'avez jamais connu d'autres hommes que Roger ?

**Marie-Rose** : Des hommes ?

**La journaliste** : Oui.

**Marie-Rose** : Ah non alors. Un seul me suffit bien !

**La journaliste** : Et vous Roger ?

**Roger** : Oui ?

**La journaliste** : Ça a toujours été Marie-Rose ?

**Roger** : Oui. Toujours.

**La journaliste** : Pas d'autres femmes, vous êtes sûr ?

**Roger** : Non, non, non. Pas d'autres femmes. Jamais.

**La journaliste** : Oh, vous pouvez le dire maintenant. Il y a prescription.

**Roger** : Non, non, non. Je n'ai jamais connu d'autres femmes qu'elle. Pourquoi voulez-vous que j'en connaisse d'autres. Elle me convient comme elle est. Je vais vous dire, on croit toujours que l'herbe est plus verte dans le champ du voisin mais c'est pas vrai. C'est juste que pendant que vous regardez dans le champ du voisin, vous ne voyez pas ce que vous avez sous les yeux, dans votre propre champ. Alors moi, j'ai juste bien regardé dans mon champ.

**La journaliste** : Et vous avez vu Marie-Rose.

**Roger** : Et j'ai vu Marie-Rose. Et c'était bien suffisant !

**La journaliste** : Il est charmant. Vous avez de la chance Marie-Rose d'avoir un époux comme Roger !

**Marie-Rose** : Oh oui, je sais. Mais il faut dire aussi que lui, il a aussi de la chance de m'avoir comme femme, hein !

**La journaliste** : C'est vrai. Vous êtes d'accord Roger ?

**Roger** : Bien sûr. C'est pour ça que je l'ai épousée.

**La journaliste** : Vous êtes merveilleux tous les deux. Qu'est-ce qu'on peut vous souhaiter de plus ?

**Marie-Rose** : Que ça dure encore un petit peu.

**Roger** : Le plus longtemps possible. On n'est pas pressés !

**La journaliste** : Et vous, quel conseil… qu'est-ce que vous diriez à nos lecteurs pour qu'ils aient une vie aussi belle et aussi remplie que les vôtres ?

**Roger** : Bon courage !

**La journaliste** : Bon courage ?

**Roger** : C'est une blague.

**Marie-Rose** : Il blague.

**Roger** : C'est ce que me disait mon grand-père quand j'étais jeune !

**La journaliste** : Ah bon, il disait ça ? Mais, c'est pas très optimiste, ça.

**Roger** : Non. Mais moi je trouve que ça m'a plutôt bien réussi. Vous ne pensez pas ?

**La journaliste** : C'est vrai. On se quitte sur ce « bon courage » alors ?

**Roger** : Non. Plus sérieusement, je vais vous dire ce qui est important.

**La journaliste** : Je vous écoute Roger.

**Roger** : L'important, c'est qu'il ne faut pas oublier de vivre.

**Marie-Rose** : Et d'aimer.

**Roger** : Et d'aimer, oui bien sûr.

**NOIR**

## Instantané 6

*Une femme en manteau long attend en scrutant l'horizon. Soudain son visage s'illumine. Elle fait de grands gestes pour signaler sa présence. Arrive un homme, portant un bagage assez volumineux, qu'il lâche pour étreindre la femme.*

**La femme** : Enfin !

*Ils s'embrassent de plus en plus passionnément. Cela devient torride, presque animal. Ils sont seuls au monde. Puis l'homme s'arrête et regarde la femme.*

**La femme** : Quoi ?

**L'homme** : Qu'est-ce que tu es belle !

**La femme** : Viens !

**NOIR**

## Tableau 6

*Même décor que le tableau 2, à une autre date. Ashley entre dans la pièce suivie par Dolan.*

**Ashley** : Vas-y entre.

**Dolan** : OK.

**Ashley** : Ben qu'est-ce que t'attends ? Mets-toi à l'aise.

**Dolan** : Je paye pas tout de suite ?

**Ashley** : Comme tu veux. J'te fais confiance.

**Dolan** : J'te paye tout de suite alors, je préfère.

**Ashley** : Tu te fais pas confiance ?

**Dolan** : Quoi ?

**Ashley** : Non rien, j'ai voulu faire de l'humour, c'est raté.

**Dolan** : Ah pardon.

**Ashley** : Non t'inquiète pas, ça va. J'ai voulu faire comme toi.

**Dolan** : Comme moi ?

**Ashley** : Tu t'rappelles pas ? La première fois qu'on s'est vu, ton jeu de mot avec romantique ?

**Dolan** : Non.

**Ashley** : Pas grave. *(À propos des billets qu'il tient toujours en main)* Pose ça sur la table. Tu veux quelque chose ?

**Dolan** : Quoi ?

**Ashley** : Je sais pas, un truc à boire ?

**Dolan** : Ah, heu, oui je veux bien.

**Ashley** : Tu veux quoi ?

**Dolan** : C'que tu veux, j'm'en fous.

**Ashley** : Ça va, t'es pas difficile. Alors, voyons ce qui reste. Bière ou coca ?

**Dolan** : Un verre d'eau ça sera très bien.

**Ashley** : Un verre d'eau ?

**Dolan** : Ouais. Les trucs avec des bulles, j'aime pas trop.

**Ashley** : T'es stressé ?

**Dolan** : Un peu ouais. Pas toi ?

**Ashley** : Non.

**Dolan** : Ah ben non, toi tu dois avoir l'habitude.

**Ashley** : C'est la première fois ?

**Dolan** : Non !

**Ashley** : OK.

**Dolan** : Non, j'l'ai déjà fait…

**Ashley** : D'accord.

**Dolan** : Plein de fois même…

**Ashley** : OK, je demandais ça comme ça, histoire de parler un peu.

**Dolan** : Avec plein de femmes…

**Ashley** : Hey ? J'm'en fous.

**Dolan** : Ouais ?

**Ashley** : Ouais. Moi aussi.

**Dolan** : Toi aussi quoi ?

**Ashley** : Je l'ai déjà fait plein de fois.

**Dolan** : Oui, j'me doute.

**Ashley** : Du coup on est pareil.

**Dolan** : Ouais.

**Ashley** : Pas la peine de stresser, OK ?

**Dolan** : OK.

**Ashley** : Sauf que moi, c'était avec des hommes.

**Dolan** : Quoi ?

**Ashley** : T'as dit que tu l'avais fait avec des femmes.

**Dolan** : Ouais plein !

**Ashley** : Oui j'ai bien compris. Et moi c'était avec des hommes. C'est la différence.

**Dolan** : Quoi ?

**Ashley** : Non rien, j'ai encore voulu faire de l'humour et c'est encore raté.

**Dolan** : Ah pardon.

**Ashley** : Laisse tomber. Tu vas pas t'excuser à chaque fois que je fais de l'humour sinon on va pas s'en sortir.

**Dolan** : Non.

**Ashley** : Il faut que je me fasse une raison. Je ne suis pas douée pour l'humour. Je ne suis pas une fille drôle. C'est tout.

**Dolan** : Si.

**Ashley** : Ah bon ? Tu me trouves drôle ?

**Dolan** : Ouais.

**Ashley** : Quand ? Quand est-ce que j'ai été drôle avec toi ?

**Dolan** : Je sais pas. Je pourrais pas dire un moment précis.

**Ashley** : T'es gentil !

**Dolan** : Ça j'te l'avais dit, dès le début. J'suis un gars gentil, moi.

**Ashley** : C'est vrai tu me l'avais dit.

**Dolan** : J'peux t'poser une question ?

**Ashley** : Vas-y.

**Dolan** : Qu'est-ce qui t'a fait changer d'avis ? J'veux dire, ça s'est pas super bien passé la dernière fois. D'ailleurs je voulais te dire, je m'excuse.

**Ashley** : Ça va, c'est bon.

**Dolan** : Non, il faut parler, c'est important dans un couple la communication.

**Ashley** : Dans un couple ?

**Dolan** : Ouais. Bon, c'est de ma faute, j'ai pas assuré. Bon, un peu de la tienne aussi, faut que tu le reconnaisses mais moi, voilà, j'te l'dis, j'ai pas assuré et je m'excuse.

**Ashley** : On oublie ça, j't'ai dit.

**Dolan** : OK.

**Ashley** : Un couple t'as dit ?

**Dolan** : Ben, oui. Toi et moi ça fait deux Et deux, ça fait un couple, non ?

**Ashley** : Ah, oui ! Oui certainement.

**Dolan** : Alors ? Qu'est-ce qui t'a fait changer d'avis ?

**Ashley** : J'ai pas changé d'avis.

**Dolan** : Ah ?

**Ashley** : Mais un client, ça se refuse pas. Surtout par les temps qui courent.

**Dolan** : Ouais, j'imagine, ça doit pas être facile tous les jours.

**Ashley** : C'est jamais facile, pour personne. C'est facile pour toi ?

**Dolan** : Non. Enfin, non, c'est pas vrai, j'me plains pas.

**Ashley** : Ouais tu avais dit que tu gagnais bien ta vie, l'autre fois.

**Dolan** : Ouais, ça va, je gagne bien ma vie. Bon, j'suis pas millionnaire non plus, hein, va pas imaginer des trucs…

**Ashley** : J'imagine rien.

**Dolan** : Je dis ça, faudrait pas que tu aies envie de m'enlever ou je ne sais pas quoi pour te faire du fric. Sinon tu risques d'être déçue.

*Ashley éclate de rire.*

**Dolan** : Quoi ?

**Ashley** : Finalement, toi, t'es plus doué que moi pour l'humour.

**Dolan** : Hein ? C'était pas de l'humour.

**Ashley** : T'es con.

*Dolan la regarde visiblement perdu.*

**Ashley** : Attends, t'es sérieux ? C'était pas de l'humour ?

**Dolan** : Non.

*Un temps où tous deux se regardent en essayant de deviner ce que pense l'autre. Puis Ashley éclate à nouveau de rire.*

**Ashley** : Oh putain, t'es encore plus fort que ce que je pensais. Le mec, il est drôle sans le faire exprès !

**Dolan** : Tu te fous de moi ?

**Ashley** : Ouais. Un peu.

**Dolan** : Ah OK, je vois. C'est pour ça que tu m'as fait revenir ? Pour te foutre de moi ?

**Ashley** : Hein ?

**Dolan** : Une fois, ça n'a pas suffi ?

**Ashley** : Mais non, qu'est-ce que tu racontes ? Je te taquine, c'est tout. C'est pas méchant. Ça se fait entre amis.

**Dolan** : Entre amis ? On est amis ?

**Ashley** : On pourrait le devenir.

**Dolan** : Juste amis ?

**Ashley** : C'est déjà beaucoup. Tu sais, j'en ai pas tant que ça, moi, des amis.

**Dolan** : C'est vrai ?

**Ashley** : J'en ai pas du tout même, en fait !

**Dolan** : J'te crois pas. Une fille aussi chouette que toi ? Pas d'amis ? C'est pas possible.

**Ashley** : Pourtant c'est vrai.

**Dolan** : Comment ça se fait ?

**Ashley** : Je sais pas. T'as beaucoup d'amis, toi ?

**Dolan** : Moi ? Heu… ouais, plein !

**Ashley** : Comme les femmes, quoi ?

**Dolan** : Les femmes ? Quelles femmes ?

**Ashley** : Les femmes avec qui t'as couché.

**Dolan** : Hein ? Ah ouais ! Ouais, on peut dire ça comme ça. Mais j'ai pas couché avec mes amis.

**Ashley** : J'me doute.

**Dolan** : Là, c'était de l'humour.

*Ils se regardent un instant.*

**Ashley** : C'est pas pour nous.

**Dolan** : Non.

**Ashley** : Il faut qu'on arrête.

**Dolan** : Oui.

*Ils se regardent à nouveau un instant sans rien dire.*

**Ashley** : Je voulais te dire…

**Dolan** : Quoi ?

**Ashley** : Je sais pas. Je sais pas comment te dire… J'ai jamais fait venir de clients ici.

**Dolan** : D'accord. Je suis le premier à venir ici.

**Ashley** : Oui. Enfin non. Ça me plairait assez que tu sois pas un client.

**Dolan** : J'suis quoi alors ?

**Ashley** : Ben, on pourrait commencer par voir si on peut être amis justement.

**Dolan** : C'est vrai ?

**Ashley** : Si tu veux.

**Dolan** : Ouais, j'veux bien. Bien sûr que j'veux bien.

**Ashley** : Cool.

**Dolan** : Super.

**Ashley** : Voilà.

**Dolan** : Ouais.

**Ashley** : Ça c'est fait.

**Dolan** : Ouais.

**Ashley** : Ah, bien sûr, tu peux reprendre ton fric.

**Dolan** : Hein ?

**Ashley** : Ton fric, tu peux le reprendre. Pas de ça entre nous.

**Dolan** : D'accord.

*Un temps.*

**Dolan** : Et du coup, on fait quoi ? Parce que si on est amis et vu que je peux reprendre mon fric, ça veut dire qu'on va pas coucher ensemble.

**Ashley** : Non.

**Dolan** : Voilà, c'est bien ce que j'avais compris. Et donc, on fait quoi ?

**Ashley** : Je sais pas. Ça fait quoi des amis ? Toi qu'en a plein, tu sais mieux que moi.

**Dolan** : Plein… J'en ai pas non plus des centaines. Et puis tu sais, les vrais, vrais amis, c'est rare. En fait j'ai plus des connaissances, on va dire. Mais des vrais amis, comme toi, j'en ai pas tant que ça.

**Ashley** : T'en as pas non plus ?

**Dolan** : Non. Enfin, j'ai un pote qui est électricien. Mais là, on se voit plus beaucoup.

**Ashley** : À cause du boulot ?

**Dolan** : Non. Il a rencontré une fille. Du coup, ben…

**Ashley** : Il passe son temps avec.

**Dolan** : Ouais.

**Ashley** : C'est normal.

**Dolan** : Ouais, ouais, bien sûr. C'est normal, je lui en veux pas. C'est… normal !

**Ashley** : Finalement, je crois que t'avais raison depuis le début.

**Dolan** : Quoi ?

**Ashley** : On était fait pour se rencontrer.


**NOIR**

## Instantané 7

*L'homme attend à la terrasse d'un café. La femme arrive. Ils échangent un baiser. Puis la femme s'installe à la table.*

**L'homme** : Alors, raconte, c'était comment ?

**La femme** : Bien. C'était bien.

**L'homme** : Raconte.

**La femme** : Eh ben quand je suis arrivée dans le bar, il était déjà là.

**L'homme** : OK. Tu l'as reconnu tout de suite ?

**La femme** : Oui. Il m'a fait un signe de la main.

**L'homme** : Il était comme sur les photos ?

**La femme** : Oui. Même plus beau je dois dire.

**L'homme** : Ça veut dire qu'il t'a plu.

**La femme** : Oui, ça a été. Il était charmant, souriant, sympa. Il avait l'air à l'aise. C'est surtout ça qui m'a plu. Il m'a tout de suite mise en confiance. Il m'a payé un verre, on a un peu discuté, mais on s'est pas éternisé. On a été à l'hôtel, à côté, comme c'était prévu.

**L'homme** : Et après ?

**La femme** : On a baisé.

**L'homme** : C'était bon ?

**La femme** : Oui ! J'arrêtais pas de penser à toi pendant qu'il me caressait. Ça m'excitait encore plus.

**L'homme** : Toi aussi tu m'excites.

**La femme** : Tu adores ça être cocu, hein ?

**L'homme** : Oui j'adore ça. Vas-y raconte-moi comment c'était. Je veux tous les détails.

**La femme** : D'accord mais pas ici. Viens, rentrons à la maison.

**L'homme** : Oui, mon amour.

**La femme** : Je t'aime.

**L'homme** : Moi aussi je t'aime.

**NOIR**

## Tableau 7

*Même décor que le tableau 2. La mère passe le balai. Entrée du père visiblement énervé.*

**Le père** : L'enfoiré !

**La mère** : Qui ça ?

**Le père** : Maurice !

**La mère** : Momo ? Qu'est-ce qu'il a fait ?

**Le père** : Tu te rappelles que j'avais dit que je lui demanderais pour Ashley ?

**La mère** : Tu lui as demandé ?

**Le père** : Oui.

**La mère** : Pourquoi tu lui as demandé ?

**Le père** : Pour savoir.

**La mère** : Des fois, c'est bien de pas savoir.

**Le père** : Ben moi je voulais savoir.

**La mère** : Et alors ? Qu'est-ce qu'il a dit ?

**Le père** : Ah tu vois ! Tu veux savoir toi aussi !

**La mère** : Ben maintenant que t'as demandé…

**Le père** : Tu me fais la morale, mais tu vaux pas mieux.

**La mère** : Mais puisque t'as demandé, ça ne change rien que je le sache ou pas. Mais si t'avais pas demandé, j'aurais rien demandé.

**Le père** : C'est ça, ouais…

**La mère** : Bon alors ? Il l'a fait avec Ashley ou pas ?

**Le père** : Il m'a dit que jamais il coucherait avec une pute, qu'il voulait pas attraper des saloperies.

**La mère** : Tu m'as fait peur !

**Le père** : Comment ça, je t'ai fait peur ?

**La mère** : J'ai cru qu'il trompait Patricia.

**Le père** : Mais j'en ai rien à foutre de Patricia ! Tu me fais chier avec Patricia. Je te parle de cette ordure de Maurice

**La mère** : Eh ben quoi ? Ça a l'air de te déranger qu'il ne couche pas avec ta fille !

**Le père** : Tu comprends rien ! De toute façon, tu comprends jamais rien ! T'es vraiment conne tu sais !

**La mère** : Oui je le sais ! Je me le dis tous les jours. Faut être sacrément conne pour rester avec toi !

**Le père** : Il a traité notre fille de pute !

*Un temps. La mère regarde le père, incrédule.*

**Le père** : Et toi, ça te fait rien ? Regardez-la comment elle me regarde. On dirait un veau ! Elle est là, elle dit rien, elle me regarde !

**La mère** : Je me demande…

**Le père** : Quoi ?

**La mère** : Est-ce que, par hasard, toi aussi, tu ne serais pas complètement con ?

**Le père** : Mais bordel de merde, tu te fous de ma gueule au quoi ? Maurice traite ta fille de pute et c'est moi qui suis con ?

**La mère** : Et c'est qui qui m'a dit de dire aux gens qu'Ashley était une pute ?

**Le père** : C'est qui qui ?

**La mère** : Fais pas le malin, t'as très bien compris ce que je voulais dire.

**Le père** : C'est pas pareil !

**La mère** : Comment ça, c'est pas pareil ? Si tu dis aux gens que ta fille est une pute, faut pas s'étonner après qu'ils disent que ta fille est une pute ! Je suis peut-être conne comme un veau mais moi, ça, ça me paraît logique !

**Le père** : Mais des gens que je ne connais pas et qui ne nous connaissent pas je m'en fous, ils peuvent bien dire ce qu'ils veulent ! Mais Maurice, il la connaît Ashley ! Il la connaît depuis qu'elle est née ! Il pourrait quand même avoir un peu plus de respect, non ?

**La mère** : Et donc t'aurais préféré quoi ? Qu'il te dise « oui je suis un de ses clients, un bon client même. Tu sais, elle est bonne ta fille et pas chère, du coup, j'ai pris un abonnement. »

**Le père** : Mais qu'est-ce que tu racontes ? Et c'est quoi cette histoire d'abonnement ?

**La mère** : Laisse tomber.

**Le père** : Elle fait des abonnements ?

**La mère** : Laisse tomber, je te dis !

**Le père** : Non je laisserai pas tomber. Je veux savoir ce que fait ma fille. Je suis son père, je peux bien savoir, non ? Toi, tu t'en fous peut-être mais…

**La mère** : Non, je ne m'en fous pas ! T'as pas le droit de dire ça.

**Le père** : Si, tu t'en fous ! Maurice traite ta fille de pute et tu t'en fous ! Tu racontes n'importe quoi !

**La mère** : Je raconte qu'à choisir je préfère ce qu'il a dit ! Ça me semble plus respectueux pour nous, pour Ashley et pour Patricia.

**Le père** : Encore Patricia ! Qu'est-ce qu'elle vient foutre là, celle-là ? Je te parle de Maurice ! Mais toi, c'est plus fort que toi, dès qu'on parle de Maurice, faut que tu mettes Patricia sur le tapis !

**La mère** : Ça la regarde quand même un peu, non ?

**Le père** : Pourquoi ? Elle couche avec Ashley ?

**La mère** : Non avec Momo !

**Le père** : J'veux pas le savoir !

**La mère** : Ils sont mariés !

**Le père** : J'en ai rien à foutre ! Qu'ils couchent ensemble s'ils veulent, ça me regarde pas !

**La mère** : Et c'est mon amie.

**Le père** : Ça m'étonne pas !

**La mère** : Qu'est-ce que ça veut dire ?

**Le père** : Rien. J'me comprends.

**La mère** : Tu sais ce qui serait bien ? C'est que moi aussi je puisse te comprendre. Et même ce qui serait encore mieux, c'est que toi, tu puisses me comprendre. Qu'on puisse se comprendre tous les deux mutuellement quoi !

**Le père** : T'inquiète pas va, je te comprends bien assez comme ça !

**La mère** : Ah ouais ?

**Le père** : Ouais. Il y a bien longtemps même que j'ai compris qu'il fallait pas chercher à comprendre quand tu parles.

**La mère** : Connard ! Tu comprends, ça ?

**Le père** : Et voilà, les insultes ! Tu vois, c'est ce que je disais. Moi je viens te parler de Maurice qui insulte ta fille et toi, au final, tout ce que tu trouves à dire, c'est que moi je suis un connard. C'est pas logique. Ouais, c'est ça : T'es pas logique !

**La mère** : Oh, ça c'est sûr ! Si j'étais logique, il y a longtemps que je me serais tirée.

**Le père** : Qu'est-ce qui t'en empêche ? Hein ?

**La mère** : Je me l'demande !

**Le père** : Ben moi, je sais !

**La mère** : Ah ouais ? Tu sais ça, toi ?

**Le père** : Ouais !

**La mère** : Ça serait bien la première fois que tu saurais quelque chose !

**Le père** : Ça s'appelle l'amour.

**La mère** : L'amour ?

**Le père** : Parfaitement. Oh tu peux me bien me critiquer autant que tu veux, me traiter de tous les noms d'oiseaux si ça te chante, je sais bien qu'au fond de toi, tu m'aimes.

**La mère** : Et t'as pondu ça tout seul ?

**Le père** : Pas besoin d'avoir fait des études pour ça !

**La mère** : L'amour ?

**Le père** : Ouais, comme j'te dis.

**La mère** : T'as l'air bien sûr de toi ?

**Le père** : Je le suis. Et tu sais pourquoi j'en suis aussi sûr ?

**La mère** : Non, mais je sens que même si je te le demandais pas, tu me le dirais quand même !

**Le père** : Parce que moi c'est pareil.

**La mère** : Qu'est-ce qu'est pareil ?

**Le père** : Ben, moi... toi... nous quoi ! J'veux dire. Tu me supportes pas, je te supporte plus non plus, mais on s'aime toujours !

**La mère** : Toi, tu m'aimes ? Et tu me dis ça comme ça.

**Le père** : Faut ce qui faut !

**La mère** : T'as bu ?

**Le père** : Un peu.

**NOIR**

**Instantané 8**

**Homme 1** : Et Sophie ?

**Homme 2** : Non

**Homme 1** : Elle est sympa.

**Homme 2** : Ouais elle est sympa. Elle est mignonne même, si tu veux. C'est une super copine. Mais… c'est pas mon style.

**Homme 1** : Eh ben, je sais pas ce qu'il te faut.

**Homme 2** : Ben vas-y, toi ! T'as qu'à sortir avec Sophie.

**Homme 1** : Ben non. Tu sais bien que moi, les femmes, c'est pas mon truc.

**Homme 2** : Ouais je sais. C'était histoire de dire.

**Homme 1** : Bon et du coup, c'est quoi ton style ?

**Homme 2** : Ben justement…

**Homme 1** : Quoi justement ?

**Homme 2** : Je me demandais…

**Homme 1** : Quoi ?

**Homme 2** : Ben, je me demandais… si mon style… ça serait pas toi ?

**Homme 1** : Moi ?

**Homme 2** : Je suis désolé, j'aurais peut-être pas dû…

**Homme 1** : Non, non, non ! T'as pas à être désolé. C'est… c'est cool.

**Homme 2** : C'est cool ?

**Homme 1** : Ouais, c'est cool.

**NOIR**

## Tableau 8

*Même décor qu'au tableau 3. Max est assis sur un banc public. Arrive Naïma, portant un sac isotherme.*

**Max** : Coucou !

**Naïma** : Coucou !

**Max** : Tu vas bien ?

**Naïma** : Oui et toi ?

**Max** : Ça va, merci. Je vois que tu as tout prévu !

**Naïma** : Hein ? Ah oui. Oui j'ai mon petit panier pique-nique.

**Max** : Moi aussi. Enfin, c'est juste un sandwich et des chips ! *(Lui tendant une rose)* Et puis ça !

**Naïma** : Oh merci, c'est gentil, fallait pas.

**Max** : Ça me fait plaisir.

**Naïma** : Merci. *(Désignant le sandwich de Max)* T'auras assez ?

**Max** : Ouais, ça va aller.

**Naïma** : Je me suis préparé une grosse salade. Il y en a trop pour moi. Tu en veux en peu ?

**Max** : Non, non, non. C'est gentil mais ça me suffit.

**Naïma** : Ça me dérange pas ! Et puis comme ça tu pourras voir comment je cuisine. Bon, c'est qu'une salade mais ça donne un petit aperçu.

**Max** : D'accord. Mais ça fait pas un peu cliché ?

**Naïma** : Quoi ?

**Max** : Ben l'homme qui goûte la cuisine de la femme comme si la suite en dépendait.

**Naïma** : C'est le cas ?

**Max** : Hein ? Non ! Non, je m'en fous, c'est pas ta cuisine qui m'intéresse, c'est toi.

**Naïma** : Donc du coup, tu vois, ça fait pas cliché. On va laisser les clichés aux photographes du dimanche, ceux qui n'ont rien d'autre à foutre. En espérant qu'ils viennent pas nous emmerder.

**Max** : Oui. Parce qu'on est bien là, sans eux.

**Naïma** : Oui.

**Max** : C'est gentil d'avoir accepté de me revoir.

**Naïma** : Je t'en prie. Ça me fait plaisir aussi.

**Max** : On aurait pu aller au resto.

**Naïma** : Non je suis désolée, mais je n'ai pas trop le temps le midi. En fait je prends toujours une pause minimum le midi pour pouvoir partir plus tôt le soir.

**Max** : T'as le droit de faire ça ?

**Naïma** : Oui. Du moment que je fais mon compte d'heures et que le boulot est fait, il n'y a pas de souci.

**Max** : Un peu comme moi finalement. Je gère mon emploi du temps comme je veux.

**Naïma** : Un peu, oui. Mais bon, j'ai quelques contraintes quand même.

**Max** : Oui, je me doute.

**Naïma** : Voilà quoi !

**Max** : Voilà.

*Un temps.*

**Naïma** : Bon, ben, bon appétit !

**Max** : Merci, toi aussi !

*Un temps.*

**Max et Naïma** *(ensemble)* : T'as passé…

**Max** : Oh pardon.

**Naïma** : Je suis désolée.

**Max** : Vas-y je t'en prie.

**Naïma** : Non, vas-y toi.

**Max** : Non, non toi d'abord. C'est normal. Mon père dit toujours les femmes d'abord !

**Naïma** : Alors si c'est ton père qui le dit… Non mais en fait, je voulais juste te demander si ça allait depuis la dernière fois qu'on s'était vu ?

**Max** : Ça va, oui. J'allais te poser la même question.

**Naïma** : Les grands esprits se rencontrent !

**Max** : Ouais. J'ai pas arrêté de penser à comment ça s'était passé.

**Naïma** : Moi aussi.

**Max** : Oui, j'imagine. Du coup, j'espère que tu ne m'as pas pris pour un débile.

**Naïma** : Non, pourquoi ?

**Max** : J'étais un peu… enfin, bref, j'ai pas trop assuré je trouve.

**Naïma** : Moi, je t'ai trouvé très bien.

**Max** : C'est vrai ?

**Naïma** : Ben oui. Sinon, je ne serais pas venue aujourd'hui.

**Max** : C'est gentil.

**Naïma** : Moi, je t'ai trouvé sympa, nature, pas prise de tête.

**Max** : Ah oui ?

**Naïma** : J'aime bien les mecs qui se la pètent pas, tu vois ?

**Max** : C'est pas mon genre.

**Naïma** : Oui, j'ai vu. Et c'est ça que j'ai bien aimé.

**Max** : Ben, merci.

**Naïma** : Et toi ?

**Max** : Moi ?

**Naïma** : Qu'est-ce que t'as pensé de moi après notre première rencontre.

**Max** : Ah ! Super. Je veux dire, je t'ai trouvé sympa, souriante…jolie ! Parce que, bon, on a beau dire mais dans une rencontre, le physique ça compte quand même un peu, non ? Enfin, j'veux dire, même si c'est pas le plus important, bien sûr…

**Naïma** : Non, il faut aussi apprendre à se connaître. Parfois plus on connaît une personne et plus on l'aime même si au départ on ne la trouvait pas forcément intéressante.

**Max** : Évidemment. Je suis complètement d'accord. Mais toi, je t'ai trouvé tout de suite intéressante.

**Naïma** : Pareil.

**Max** : C'est bizarre quand même, je pensais pas que ça pouvait marcher.

**Naïma** : Quoi ?

**Max** : Les rencontres comme ça.

**Naïma** : Ah bon ? Tu n'y croyais pas ?

**Max** : Non. Pas du tout. Pour moi c'était même carrément une arnaque. Ou alors juste un truc pour ceux qui veulent des rencontres rapides, sans s'engager.

**Naïma** : Pourquoi tu t'es inscrit alors ?

**Max** : Ben… à un moment quand t'as déjà tout essayé… les trucs normaux… et que rien ne marche…

**Naïma** : Par désespoir quoi !

**Max** : Un peu. Je me suis dit que c'était comme pour le loto, que si je ne m'inscrivais pas, c'était sûr que ça ne marcherait pas.

**Naïma** : Oui c'est sûr.

**Max** : Après, franchement, c'était plus par curiosité et presque par jeu.

**Naïma** : Oh, c'est horrible ce que tu dis là !

**Max** : Quoi ?

**Naïma** : Tu joues avec les sentiments ?

**Max** : Non ! Non, bien sûr que non. C'est pas ce que je voulais dire. Je voulais dire que c'est bien foutu leur truc. Il y a un côté ludique. Tu allumes ton téléphone, tu te connectes sur l'appli, mais tu sais pas sur quoi tu vas tomber. Il y a l'excitation de la découverte. Et puis quand tu découvres, t'es déçu.

**Naïma** : Tu as été déçu par mon message ?

**Max** : Non. Bien sûr que non.

**Naïma** : Tant mieux.

**Max** : Non. Toi. Justement, c'était autre chose. Non, je parlais en général. Franchement, tu n'as jamais reçu des messages qui t'ont fait halluciner ?

**Naïma** : Si, très souvent. La plupart du temps même !

**Max** : Ben voilà, c'est ce que je voulais dire. Et pourtant tu y reviens, pour voir ce que le sort va te proposer à nouveau.

**Naïma** : C'est vrai.

**Max** : Faut juste pas se tromper.

**Naïma** : C'est-à-dire ?

**Max** : C'est tellement facile de passer à la suivante. Alors que si ça se peut, c'est la bonne personne qu'on te propose. Mais toi tu veux encore plus, encore mieux. Donc tu passes. C'est le piège de ce genre de truc. À un moment, il faut quand même prendre son courage à deux mains et se lancer. Même si t'as peur de te planter.

**Naïma** : C'est ça que tu as fait ? Tu t'es lancé ?

**Max** : Oui. Pas toi ?

**Naïma** : Si. C'est exactement ça.

**Max** : Et je le regrette pas.

**Naïma** : Moi non plus.

*Ils s'embrassent.*

**NOIR**

**Instantané 9**

**Personnage 1** : Et une croisière ?

**Personnage 2** : Une croisière ?

**Personnage 1** : Oui, ça serait bien, ça, une croisière, non ?

**Personnage 2** : Je sais pas, je n'en ai jamais fait.

**Personnage 1** : Moi non plus, justement. Et moi j'dis, ça serait chouette de faire ça, tous les deux.

**Personnage 2** : Oui.

**Personnage 1** : T'imagines ? Une croisière dans les Caraïbes, tous les deux ?

**Personnage 2** : Oh oui ! Et même si c'est pas les Caraïbes, moi, même en Méditerranée, je pars.

**Personnage 1** : Carrément !

**Personnage 2** : Mais ça coûte cher, ça, une croisière, non ?

**Personnage 1** : Oui. Tu as raison. Même en Méditerranée, ça reste trop cher pour nous.

**Personnage 2** : Je m'en fous. Moi, croisière ou pas, du moment que je reste avec toi…

**Personnage 1** : C'est l'essentiel.

**NOIR**

## Tableau 9

*Même décor qu'au tableau 4.*
*La femme de ménage entre le casque autour du cou.*
*Elle s'approche du banc, constate l'absence du clochard, met le casque sur ses oreilles et commence à nettoyer le sol.*
*Arrive le clochard. Il a tenté, dans la mesure de ses faibles moyens, de faire un effort vestimentaire et de toilette.*

**Le clochard** : Bonjour.

*La femme ne l'entend pas.*

**Le clochard** : Ça commence bien, tiens ! Satané appareil !

*Il s'approche d'elle.*

**Le clochard** : Hey !

**La femme de ménage** *(surprise)* : Ah ! *(Découvrant le clochard)* Ah c'est vous !

**Le clochard** : Je suis désolé.

**La femme de ménage** : Vous avez décidé de me faire peur à chaque fois comme ça ?

**Le clochard** : Désolé, mais avec votre casque, là, vous ne m'entendiez pas.

**La femme de ménage** : Oui, je sais. Pardonnez-moi. Mais vous ne devinerez jamais ce que j'écoute.

**Le clochard** : Dites-le-moi.

**La femme de ménage** : Maria Callas. Vous aviez raison Elle chante très bien.

**Le clochard** : Ça vous plaît ?

**La femme de ménage** : Oui beaucoup. Quand je suis arrivée, je ne vous ai pas vu, j'ai cru que vous ne viendriez pas... alors j'ai remis mon casque.

**Le clochard** : Je suis beaucoup en retard ?

**La femme de ménage** : Non. Non, non, non il n'y a pas de souci.

**Le clochard** : J'ai essayé de m'arranger un peu. C'est pour ça, le retard.

**La femme de ménage** : D'accord. Mais ne vous inquiétez pas. Vous n'êtes pas en retard. De toute façon, on n'avait pas vraiment rendez-vous, non ?

**Le clochard** : Ah bon ? Je ne sais pas... non...

**La femme de ménage** : Donc vous ne pouvez pas avoir de retard puisqu'on n'avait pas vraiment rendez-vous.

**Le clochard** : Non, non bien sûr. C'est,... c'est juste que j'ai cru...

**La femme de ménage** : Oui ?

**Le clochard** : Non, rien. J'ai dû mal comprendre. C'est de ma faute. Bon, ben... je vais vous laisser travailler...

**La femme de ménage** : Vous partez ?

**Le clochard** : Ben oui...

**La femme de ménage** : Vous allez où ?

**Le clochard** : Je sais pas. Par là...

**La femme de ménage** : Vous avez rendez-vous ?

**Le clochard** : Non.

**La femme de ménage** : Alors, vous pouvez rester un peu ?

**Le clochard** : Hein ? Heu… oui… oui je peux rester. Mais… vous êtes sûre ?

**La femme de ménage** : Oui, ça me ferait plaisir.

**Le clochard** : Ah ben dans ce cas. Heu… Vous voulez qu'on s'assoie ?

**La femme de ménage** : Ah, je ne dis pas non. Une petite pause sera la bienvenue.

**Le clochard** : Je vous en prie.

**La femme de ménage** : Merci.

**Le clochard** : Voilà…

**La femme de ménage** : Je suis contente de vous revoir.

**Le clochard** : C'est vrai ?

**La femme de ménage** : Oui.

**Le clochard** : C'est gentil.

**La femme de ménage** : J'ai beaucoup repensé à ce qu'on s'était dit hier, sur l'espoir et tout ça.

**Le clochard** : Ah oui ! L'espoir !

**La femme de ménage** : Oui.

**Le clochard** : L'espoir…

**La femme de ménage** : J'aime bien votre façon de penser.

**Le clochard** : Ah bon ?

**La femme de ménage** : Ça vous étonne ?

**Le clochard** : Ben... c'est-à-dire que... j'avoue que moi-même, là, je sais pas trop à quoi penser. Alors si vous me dites, en plus, que vous aimez ce que je pense, je suis un peu perdu.

**La femme de ménage** : Pourquoi ?

**Le clochard** : Je sais pas. Vous êtes toujours comme ça ?

**La femme de ménage** : Comment, comme ça ?

**Le clochard** : Ben... à dire des choses comme ça, que vous aimez ce que les gens vous disent, à des gens que vous connaissez à peine en plus ?

**La femme de ménage** : Non c'est la première fois.

**Le clochard** : Je suis un privilégié ?

**La femme de ménage** : Oh, je ne sais pas si c'est vraiment un privilège. Ça, c'est à vous de le dire.

**Le clochard** : Ben, moi je trouve que vous connaître et pouvoir passer un peu de temps avec vous, c'est peut-être pas un privilège mais, en tout cas, c'est agréable.

**La femme de ménage** : Merci, c'est gentil. D'habitude je suis plutôt réservée. C'est pas mon genre de raconter ma vie. Mais je ne sais pas, avec vous, c'est différent.

**Le clochard** : Oui, moi c'est pareil.

**La femme de ménage** : De quoi ?

**Le clochard** : Ben j'ai l'impression que... c'est comme si on se connaissait déjà.

**La femme de ménage** : J'ai cette impression moi aussi.

**Le clochard** : Ah bon ? Ça vous fait la même chose ?

**La femme de ménage** : Oui.

**Le clochard** : C'est bizarre.

**La femme de ménage** : Je suis désolée, mais il va falloir que je m'y remette.

**Le clochard** : Ah oui ! Oui, bien sûr. Je suis désolé de vous avoir fait prendre du retard dans votre travail.

**La femme de ménage** : C'est rien. Tout le plaisir a été pour moi. Vous savez ce que vous allez faire aujourd'hui ?

**Le clochard** : Non. Je vais peut-être rester un peu, là, sur ce banc. Et je vais vous regarder. Non, tiens, j'ai une idée ! Vous voulez que je vous aide ?

**La femme de ménage** : Comment ?

**Le clochard** : J'peux vous aider si vous voulez ? Si vous avez un autre balai, comme ça, pour moi… A deux ça irait plus vite.

**La femme de ménage** : C'est très gentil, mais je ne peux pas. Je n'ai pas le droit.

**Le clochard** : C'est de ma faute si vous êtes en retard. Qu'est-ce que je peux faire pour vous ?

**La femme de ménage** : Rien, je vous assure.

**Le clochard** : S'il vous plaît ?

**La femme de ménage** : Vous voulez faire quelque chose pour moi ?

**Le clochard** : Oui.

**La femme de ménage** : Venez manger à la maison ce midi. J'ai pas grand-chose, mais on se débrouillera. Et c'est proposé de bon cœur, hein, pas par pitié.

**Le clochard** : Dans ce cas… Si vous n'avez pas peur.

**La femme de ménage** : Peur ? De quoi ?

**Le clochard** : Je sais pas. De moi. On se connaît à peine…

**La femme de ménage** : Et je devrais avoir peur de vous ?

**Le clochard** : Non. Au contraire.

**La femme de ménage** : Écoutez, je sais que ça peut paraître idiot mais comme vous l'avez dit tout à l'heure, j'ai l'impression qu'on se connaît depuis longtemps et que je peux vous faire confiance.

**Le clochard** : Vous pouvez.

**La femme de ménage** : Alors même si ça peut paraître rapide, je serais heureuse de partager un moment avec vous.

**Le clochard** : Rapide ? Qu'est-ce qui est rapide ? Tout va très vite maintenant de toute façon. Regardez autour de nous, tous ces gens qui courent.

*Passe le couple Ashley et Dolan, visiblement pressé et tirant chacun une grosse valise à roulettes.*

**Dolan** : Vite, on va le louper.

**Ashley** : C'est lourd.

**Dolan** : Attends, je vais la prendre, donne.

**Ashley** : T'es sûr ?

**Dolan** : Oui t'inquiète pas. Je suis prêt à tout pour toi. J'ai même affronté ton père, alors…

**Ashley** : C'est vrai.

**Dolan** : Allez viens, on y va.

**Le clochard** : Hey, les amoureux !

**Dolan** : Oui ?

**Le clochard** : Bonne chance !

**Dolan** : Merci !

**Ashley** : Merci. Au revoir.

*Ashley et Dolan sortent.*

**La femme de ménage** : Pourquoi est-ce que vous leur avez souhaité bonne chance ?

**Le clochard** : Parce qu'ils sont jeunes avec la vie devant eux. Ils vont en avoir besoin.

**La femme de ménage** : Et nous ?

**Le clochard** : Nous ? La chance on l'a déjà puisqu'on s'est rencontré.

# NOIR

## Instantané 10

*Une femme à jardin et un homme à cour. Ils sont debout face au public. Chacun a une flûte de champagne à la main. Ils ne se regardent pas.*

**L'homme** : Bonjour. Charles.

**La femme** : Mélanie. Enchantée.

**L'homme** : C'est la première fois que tu participes à un speed-dating ?

**La femme** : Non. C'est la troisième fois. Et toi ?

**L'homme** : La quatrième. Au début, je pensais que 7 minutes ça serait trop court mais en fait non. C'est… c'est long.

**La femme** : Oui. Surtout quand on a rien à se dire.

**L'homme** : Oui.

*Un temps. Chacun sourit bêtement pour se donner une contenance.*

**L'homme** : Déjà 1 minute.

**La femme** : Oui.

*Un temps. Encore plus long.*

**La femme** : Bon, ben… je crois que ça va bientôt finir.

**L'homme** : Oui. En tout cas, tu as un joli sourire.

**La femme** : Et c'est là, à ce moment précis, sur cette phrase-là que j'ai su qu'il serait l'homme de ma vie. Je ne sais pas pourquoi, je ne pourrais pas l'expliquer.

**L'homme** : Ça tient à peu de choses les gars !

*Ils s'approchent l'un de l'autre.*

**La femme** : Et aujourd'hui, nous vous remercions d'être venus si nombreux à notre mariage.

**L'homme** : Santé !

*Ils portent leur coupe de champagne aux lèvres.*

**NOIR**

## Tableau 10

*Même décor qu'au tableau 2. La femme est assise sur le canapé, elle pleure dans un mouchoir. L'homme tourne derrière elle, tentant visiblement de contenir sa colère.*

**Le Père** : Arrête de pleurer.

**La Mère** : Je pleure pas. J'ai une poussière dans l'œil.

**Le Père** : Mais oui, c'est ça !

*Un temps pendant lequel la mère continue de sangloter dans son mouchoir tandis que le père va se servir une bière.*

**Le Père** : T'en veux ?

**La Mère** : Quoi ?

**Le Père** : Un truc à boire.

**La Mère** : Non.

**Le Père** : Putain, je l'ai pas vu venir celle-là !

**La Mère** : Qu'est-ce qu'on va devenir ?

**Le Père** : Je sais pas. Comme les autres, j'imagine.

**La Mère** : Comme les autres ?

**Le Père** : Ouais. Un vieux couple de... vieux.

*La mère redouble de sanglots.*

**Le Père** : J'ai vu ça, hier, au café, dans le journal.

**La Mère** : De quoi ?

**Le Père** : Un couple de vieux, 100 ans qu'ils avaient tous les deux. Tu te rends compte ? 200 ans à eux deux ! Et toujours ensemble ! C'est ça qu'on va devenir.

*La mère redouble de sanglots.*

**Le Père** : Remarque, je sais pas si c'est la vieillesse, Alzheimer ou quoi, mais ils avaient l'air content. Tu parles, ils doivent plus se rappeler de rien à cet âge-là !

**La Mère** : Mon dieu mais c'est horrible. Je ne veux pas oublier Ashley, moi !

**Le Père** : J'ai pas dit ça.

**La Mère** : Si c'est ce que t'as dit.

**Le Père** : Non, j'ai dit… Non, rien, laisse tomber. C'était pas important de toute façon.

*Elle pleure toujours.*

**Le Père** : Tu vas pleurer encore longtemps comme ça ?

**La Mère** : Je fais ce que je veux ! Laisse-moi tranquille !

**Le Père** : Putain, la vache, quand même ! Je sais pas pourquoi je lui ai pas cassé la gueule à cet enfoiré ! Ouais, c'est ça, j'aurais dû lui foutre mon poing dans la gueule.

**La Mère** : Ça n'aurait pas arrangé les choses.

**Le Père** : Non, mais moi, ça m'aurait fait du bien. Non mais c'est vrai quoi ! De quoi il se mêle ce petit con ? Et ça fait combien temps qu'ils ont dit qu'ils se connaissaient ?

**La Mère** : 2 semaines.

**Le Père** : Ah ouais, deux semaines ! Deux semaines ! Non, mais tu te rends compte ? Mais c'est rien, ça, deux semaines ! Comment tu peux savoir en deux semaines si ça va coller, hein ?

**La Mère** : Elle est partie !

**Le Père** : Oui, ça va, merci, j'ai compris. Je suis pas con, j'étais là ! Comment elle s'est bien foutue de nous, quand même ! Un repas pour nous présenter son copain qu'elle a dit ! C'est bien ta fille, tiens ! Aussi tordue que toi !

**La Mère** : Moi ? Mais qu'est-ce que j'ai fait ?

**Le Père** : Mais rien, tu fous jamais rien, de toute façon ! C'est jamais ta faute, c'est toujours la mienne !

**La Mère** : Pourquoi tu dis ça ?

**Le Père** : Tu me fais chier, tiens ! Toi et ta fille vous me faites chier, toutes les deux ! Ras-le-bol des nanas de cette famille !

**La Mère** : Ma petite fille !

**Le Père** : 23 ans ! C'est plus une petite fille non plus ! Fallait bien que ça arrive !

**La Mère** : Je sais bien !

**Le Père** : Mais pas comme ça ! On flirte, on présente son copain, on voit comment ça se passe et après, après seulement on emménage ensemble ! Eux, à peine ils se rencontrent, hop, c'est parti ! C'est la nouvelle génération, ça ! Ils prennent le temps de rien. Ils veulent tout, tout de suite. Tu vas voir que demain, ils vont dire qu'ils se marient.

**La Mère** : Hein ?

**Le Père** : Dans une semaine, Ashley va te dire qu'elle est enceinte…

**La Mère** : Quoi ?

**Le Père** : À la fin du mois elle accouche et le mois prochain ils divorcent !

*La mère pleure de plus belle.*

**La Mère** : Ma fille ! Qu'est-ce qu'elle va devenir ?

**Le Père** : Et nous ? Et nous qu'est-ce qu'on va devenir, hein ? On a plus le choix ! Faut qu'on reste ensemble, qu'on se serre les coudes, qu'on soit solidaires ! Allez, viens dans mes bras ! Viens là ! Voilà ! Ça va aller. Ça va aller. On va y arriver.

**La Mère** : Tu me le promets ?

**Le Père** : On va essayer en tout cas !

**NOIR**

## Instantané 11

**Personnage 1** : Je sais pas ce que l'avenir nous réserve.

**Personnage 2** : Personne ne sait.

**Personnage 1** : Mais c'est ça qui fait que la vie est belle finalement.

**Personnage 2** : Tu trouves ?

**Personnage 1** : Oui, parce qu'on ne sait pas si demain on sera encore là. Et c'est pour ça qu'il faut vivre pleinement le moment présent. Il faut profiter des gens qu'on aime, leur dire qu'on les aime parce que demain, il sera peut-être trop tard.

**Personnage 2** : C'est pas gai ce que tu dis.

**Personnage 1** : Au contraire. Moi, je veux vivre avec toi et auprès de toi, le plus longtemps possible bien sûr, mais je veux surtout savourer chaque instant. Jouir du bonheur de ta présence sans jamais me lasser. Faire de chaque moment un moment unique. Parce que je t'aime, aujourd'hui, maintenant et pour toujours.

**Personnage 2** : Je t'aime.

**NOIR**